Jens Kirsch

Was uns gelingt

-Geschichten für den Tag-

Für Susann

Herstellung und Verlag: BoD – Books on Demand, Norderstedt
ISBN: 978-3-7526-6771-4

Inhalt

Ein Ausflug zur Teambildung

Das war vielleicht ein Typ, zu dem uns unsere Eventmanagerin im Zuge unserer teambildenden Maßnahme geschleift hatte: Ein Hutzelmann wie ein schmutziger Zwerg hockte hinter einer vermisteten Töpferscheibe, glotzte uns von unten herauf an und fragte uns in breitestem Bayrisch „No, wos wollts denn schauen, hernach?".

Als ob wir etwas geplant hätten! Wir, das war in diesem Falle die Abteilung Finanzcontrolling und ich bin mir sicher, dass keiner von uns - außer mir, aber dazu gleich - eine Ahnung hatte, was ihm dieser Hutzelzwerg dort an seiner tonverklebten Drehbank in Sachen Teamwork wohl zeigen könnte. Michaela, die uns diese Kur verordnet hatte, winkte, lächelte und nickte auffordernd, als sich einige unsicher nach ihr umdrehten.

Jedenfalls klatschte der Mann einen Tonbatzen auf die Scheibe. Dann trat er die Pedale durch und gab dem Ton damit gehörigen Schwung. Ich

Jens Kirsch

Was uns gelingt

-Geschichten für den Tag-

Was uns gelingt machen wir gut. Bloß, oftmals führen unsere Vorhaben uns auf Ab- und Umwege. Es ist eher selten, dass die Ergebnisse unseres Handelns so aussehen, wie unsere Pläne, unsere Wünsche das vorgaukelten. Damit wir an diesem Umstand nicht verzweifeln, geben uns die kleinen Geschichten dieses Buches Mut für den Tag.

sah die Sache kommen und trat zwei Schritte zurück. Der Kerl machte sich jedenfalls nicht die Mühe, das Wasser, mit dem er den Batzen großzügig benetzt hatte, auf seinem zentrifugalen Weg zu hemmen. Und so sahen meine Kollegen in der ersten Reihe nach wenigen Sekunden im Ansatz genauso tonbespritzt aus wie der Drehmeister selbst. Obwohl, Meister, ich muss sagen, weit war es mit seiner Kunst nicht her. Ich kann das einschätzen. Nach sechs Wochen Volkshochschule, einer Therapie, der mich meine Frau zugeführt hatte, weil ich nach dem alltäglichen Zahlensalat mehr und mehr Entspannung in den feuchten Träumen meiner allabendlichen Rotweinpulle suchte, oder besser gesucht hatte, wäre es für mich kein Problem gewesen, dem Gnom dort an der Scheibe zu zeigen, was ein ordentlich hochgezogener Bierseidel ist. Um mal im Volkstümlichen zu bleiben! Denn natürlich drehe ich zu Hause in meiner Hobbywerkstatt keine Bierhumpen, sondern filigrane Baugruppen für Ikebanaschalen!

Unser Drehmeister matschte also weiter an seinem Hubel herum, die Kollegen machten lange Hälse und ich trat noch weiter zurück, denn der Entstehung eines Bierseidels wollte ich nicht beiwohnen. Da fehlte mir echt der schöpferische Impetus!

In den Regalen einer kleinen Empore lockten die Ausstellungsstücke, die diese kleine Gemeinschaft gleichgesinnter Schmuddelfinken wohl für ausstellungswürdig hielt. Nach einem kurzen Blick auf unsere beiden Teams - Michaelas Gruppe lauschte den Ausführungen einer jungen Frau, die Stück für Stück Brenngut in einen ziemlich mächtigen Brennofen einsetzte und mein Töpfergnom hatte den Bierseidel etwa auf zehn Zentimeter hochgezogen -, beschloss ich, den weiteren Vorführungen meine Expertise zu entziehen. Als ob sich unsere Abteilung festigen würde, wenn wir anderen Menschen beim Tonkneten zusehen! Ich hielt das ganze gelinde gesagt für ziemlichen Unsinn.

Also betrat ich die Empore. Vielleicht könnte ich ja einige Anregungen für meine Ikebanaschalen mitnehmen! Der erste Blick holte mich auf den Boden der Realität zurück. Nicht eine schön geschwungene Form. Hier würde ich keine Anregung finden. In den Vitrinen standen Krippenfiguren aller Größen. Mist aber auch. Wie die Soldaten der chinesischen Keramikarmee reihten sich Maria an Maria und Joseph an Joseph – beginnend mit einigen wenigen mächtigen Figuren, die eine gute Armlänge hoch waren, bis hinunter zu vielen kleinen handgroßen. Im nächsten Regal stand oder besser lag Jesuskind an Jesuskind, nach Größe gestaffelt, ebenfalls vom fast natürlich großen Säugling bis hinunter zum Däumling. Und dann folgte ein Regal mit Miniaturen, mit kompletten Krippenspielen, nur winzig klein! Hirten schauten ihren Eseln über die Schultern, eine Ziege legte ihren Kopf vertrauensvoll an Josephs Oberschenkel, der ihr sanft und beiläufig die Hand an den Hals schmiegte, denn er muss konzentriert schauen, damit er nur nicht verpasst, wie Maria ihrem kleinen Sohn die Brust gibt! Mich rührte der Donner. Was war denn das? Zwischen all dem Kitsch ein solch anrührendes Kunstwerk? Ich konnte meine Blicke nicht davon losreißen, kniete auf den rohen Dielen und saugte jedes Detail der kleinen Figuren in mich auf.

Plötzlich spürte ich eine leichte Berührung an der Schulter. Ich drehte den Kopf und sah auf eine tonverschmierte Hand. Neben mir stand der Mann von der Drehscheibe – er hatte wohl seinen Bierseidel inzwischen fertig. Es war mir ein wenig peinlich, dort zwischen all dem Schund zu knien, aber meine Kollegen nahmen keine Notiz von uns, hier oben auf der Empore. Die beiden Gruppen standen nun gemeinsam vor dem Brennofen und die junge Frau verschloss soeben die Tür mit den mächtigen Spannschrauben.

Der Mann nahm die Hand wieder von meiner Schulter. „Magst die Figurengruppe?"

Ich schluckte. „Oh Mann, wie haben sie denn die gemacht?"

Als ich mich wieder aufrichtete, stellte ich fest, dass der Mann so klein nun doch nicht war. Die kleinwüchsige Wirkung kam wohl nur durch die krumme Haltung an der Drehscheibe. Ja, er hielt sich etwas krumm und sein seltsam geformter Kopf trug wohl dazu bei, dass ich ihn zunächst so gnomenhaft eingeordnet hatte. Denn der Mann hatte etwas, ganz ohne Zweifel. Seine Augen blitzten, als es auf die kleinen Gestalten blickte. Er wischte sich die Hände an seiner Schürze ab, bevor er die Vitrine öffnete. Vorsichtig schob er die kleine Gruppe – alle Figuren standen auf einer kleinen Platte, an deren hinteren Ende ein Mauerrest die Hirtengruppe ein wenig von der intimen Situation abgrenzte – auf seine immer noch tonige Hand. Und dann hielt er sie mir direkt vor die Nase. „Jo, wie I die gemocht hob?"

Er schüttelte den Kopf wie in einer langsamen Verneinung wieder und wieder.

„I woiß oa net!"

Ich habe die Figurengruppe erworben. Meine Frau hat sich ein wenig gewundert. Seitdem versuche ich, Josephs Gesichtsausdruck nachzuempfinden. Bis jetzt ist es mir noch nicht gelungen.

Lebensverlängerung

Es war eigentlich wie immer. Der Wind wirbelte das Laub im Kreis vor der gläsernen Eingangstür und das Licht aus der Praxis schien warm, wie aus einem sicheren Hafen. Bloß, seitdem dieses kugelige Virus die Welt unsicher machte, gingen die Leute aus Angst oder Vorsicht nicht mehr so gern zum Arzt. Das war nun also der erste Unterschied: Am Tresen fehlte die gewohnte Schlange der geduldig vor sich hin triefenden und hustenden Patienten. Wie ich durch den Gang in den Warteraum sehen konnte, herrschte dort gähnende Leere.

Der zweite Unterschied? Ich war nicht krank. Noch nie fühlte ich mich so gesund, wie an diesem Tag! Naja, jedenfalls seit einiger Zeit. Genau das war gut so, glauben Sie mir, denn ich hatte ein Anliegen, von dem ich nicht einmal wusste, ob ich damit bei meinem Hausarzt richtig war: ich brauchte lebensverlängernde Maßnahmen, denn ich hatte mir für mein Alter zu viel vorgenommen.

Begonnen hatte das Ganze mit einem eigentlich simplen Trip in ein Atelier von Töpfern – sie wissen. Zunächst ließ sich mein Vorhaben, eine Tonfigur mit biblischem Hintergrund und einem staunenden Gesichtsausdruck herzustellen, ziemlich einfach an. Dachte ich. Ich wurde eines Besseren belehrt. Am Beginn des Schöpfungsprozesses – ich will es mal ruhig so hochtrabend nennen, denn schließlich begab ich mich ja auf biblisches Terrain - stand ich vor einer vermeintlichen Anhäufung technischer Probleme. Ich besorgte mir verschiedene Tonsorten, einen Brennofen hatte ich ja bereits von der Jahreslohnsteuererstattung gekauft, um Ikebanaschalen herzustellen. Schon bald wusste ich, welche Wandstärken ich mir mit welchem Ton erlauben durfte und wie die Farben nach dem Hochbrand aussahen. Auch die Gewandstrukturen meiner Figuren stellten mich vor lösbare Anforderungen. Es ging also in großen Schritten vorwärts und ich schätzte, dass ich schon in wenigen Wochen meine erste fertige Josephsfigur in der Hand halten könnte, die völlig unprätentiös, vielleicht ein wenig in barlachscher Manier, das Staunen des alternden Mannes über die unerwartete Geburt eines späten Sohnes ausdrückt. Vom Dogma der unbefleckten Empfängnis halte ich nichts, aber das tat nun auch gar nichts zur Sache. Jedenfalls wollte ich, wenn der Joseph stand, dann stehenden Fußes zur Herstellung der Marienfigur übergehen. Wie Sie ahnen wurde das nichts, denn alle meine Versuche endeten in einem mehr oder weniger blöde glotzenden Gartenzwerg. Es war zum verrückt werden! Anfangs stellte ich die missglückten Versuche noch zur Warnung in unser Wohnzimmer. Meine Frau nahm kein Blatt vor den Mund und bald ließ ich das lieber. Nun glotzten mich mehrere Josephs in meiner Hobbywerkstatt aus dem Regal an. Ich mochte nicht mehr hinsehen. Naja, inzwischen ist das Schlagloch vor dem Nachbarhaus mit Tonscherben schon fast zu und die letzte Version des Gartenzwergjoseph hat wenigstens keine Klumpfüße mehr. Inzwischen bin ich frühverrentet und muss meine Zeit nicht mehr mit teambildendenden Maßnahmen verplempern. Und genau da sind wir bei meinem unterschätzten Problem – dem Zeitfaktor. Ja, ich habe mich verschätzt. Ich gebe es offen zu.

Als ich neulich eine Sendung über die Genschere CRISPR sah, die Emmanuelle Charpentier im Jahr 2012 entdeckt hat, brachte mich das zunächst ebenso zum Staunen, wie meinen Joseph. Wie mit einer Textschere können damit am Text der Erbanlagen beliebiger Lebewesen Änderungen vorgenommen werden. Zunächst brachte mich das natürlich nicht auf die Idee, mein Problem des Zeitmangels mit gentechnischen Methoden anzugehen. Wie auch? Wenn es die Möglichkeit gäbe, das Leben durch einige einfache Genmanipulationen zu verlängern… also bitte! Warum musste dann zum Beispiel Leonard Cohen sterben? Halleluja!

Aber inzwischen haben uns die Wissenschaftler eine Menge neue Erkenntnisse zum Alterungsprozess geschenkt. Am Ende jeder DNA steht ein Zyklus scheinbar sinnloser Wiederholungen. Das sind die sogenannten Telomere. Das Wort kommt aus dem griechischen und heißt schlicht und einfach Endstück. Ich will nicht wie ein Klugscheißer dastehen – das kann jeder ganz fix bei Wikipedia herausfinden. Jedenfalls ist die Anzahl der Wiederholungen dieses Endstücks offenbar für die Anzahl möglicher Reproduktionsdurchläufe unserer Zellen zuständig. Also liegt doch der Gedanke nahe, die Genschere auf diese Telomere loszulassen, und, sagen wir mal 50 Wiederholungen des Endstücks zusätzlich anzubauen. Wenn es stimmt, dass sich jeder Mensch auf Zellebene bisher so etwa sieben Mal komplett erneuert und damit immerhin ein Durchschnittsalter von ungefähr 80 Jahren erreicht, würden wir dann so etwa auf 500 bis 600 Jahre kommen. Ich bin mir sicher, bis dahin hätte ich meinen Joseph fertig! Aber wer will schon mit einer technischen Störung die siebenfache Zeit leben? Ich bitte Sie! Es wäre weiter nur sinnvoll, die kleinen technischen Mängel, die das Altern so mit sich bringt, zuvor vollständig zu beheben. Bei mir ist das eine ausgesprochen störende Sehschwäche im Nahbereich. Nichts lag also näher, als diese gleich mit wegzuschnippeln.

Ich musste also nicht lange warten und saß meinem Hausarzt gegenüber. Er schlug meine Patientenakte auf und scrollte an das Ende.

„Na, Herr Appel, was macht die Gicht?"

Sehen Sie, die hatte ich auch noch vergessen. Kann passieren, wenn man gerade mal beschwerdefrei ist.

„Mir geht es gut. Seit ich nicht mehr arbeiten muss, kann ich mich viel mehr um mich selbst kümmern."

Und so berichtete ich ihm von meinem Zeitproblem. Ich muss es ihm zu Gute halten: Er nahm mich vollkommen ernst. Ich hatte mein Vorhaben vor meinem Arztbesuch natürlich mit meiner Frau besprochen und ich darf Ihnen sagen – die nahm mich nicht ernst. Im Gegenteil. Sie war ziemlich sauer auf mich. Als ob ich dabei nur an mich gedacht hätte. Selbstverständlich hätte ich sie auch verlängern lassen. Telomerisch, versteht sich. Na, und die paar technischen Macken, die sie hat, die hätte ich natürlich auch gleich mit glattziehen lassen. Wer rennt schon gern 500 Jahre mit einem Mangel herum, wenn es auch anders geht? Oder 600? Die Hyaluronsalbe könnte sie nach der gentechnischen Bearbeitung jedenfalls mit Sicherheit wegwerfen.

Um es kurz zu machen: Mein Hausarzt hat mir zwar das Institut genannt, in welchem Emmanuele (Sie erinnern sich? Erfinderin der Genschere?) jetzt Direktorin ist. Dieses Institut ist nicht so sehr weit weg. Es ist in Berlin. Aber er machte mich auch darauf aufmerksam, dass der offizielle Einsatz der Genschere derzeit am Menschen nicht möglich ist. Jedenfalls sei ihm nicht bekannt, dass die Krankenkasse bisher jemals einen solchen von mir beabsichtigten Einsatz bezahlt hätte. Zwar setzen sich einige Avantgardisten über jegliche staatliche Vorschrift hinweg, aber was die so hin bekommen, könnte am Ende ein wenig meinem Josephexperiment ähneln und dazu führen, dass ich als Füllmasse im Schlagloch meines Nachbarn lande – um mal im Bilde zu bleiben. Die besagten Avantgardisten benötigen also noch einige Jahre, bis sie Erfahrungen im Umgang mit dem doch noch recht neuen Werkzeug gesammelt haben. Bis dahin soll ich mich bitte gedulden. Er hat mir weiter empfohlen, eine Brille mit zwei Dioptrien im nächsten Drogeriemarkt zu kaufen und mit meiner Frau in den Urlaub zu fahren.

Und genau das werde ich nun auch tun.

Ein Lächeln am Morgen

Unser Urlaub war ein Desaster. Da half die neue Brille nicht ein Stück weiter. Wahrscheinlich sollten Menschen, die eine lange Ehe hinter sich gebracht haben, besser nicht in einem Raum und schon gar nicht in einem Bett schlafen. Das weiß ich zumindest nach diesem Urlaub. Und ein Hund im gleichen Zimmer ist ebenfalls nicht ratsam. Meine Frau ist, was ihren ungestörten Nachtschlaf angeht, sehr empfindlich und ich nehme an, dass es anderen nicht sehr viel anders ergeht. Unser Hund dagegen ist eine echte Lerche. Obwohl er inzwischen ein wirklich sehr alter Hund ist, freut er sich jeden Morgen spätestens ab Sonnenaufgang auf das, was der Tag für ihn bringen wird. Und genau da liegt der Hase im Pfeffer, wie man so sagt, denn er freut sich mit Geräuschen. Bemerkt der Hund also, dass er mich wach bekommen hat, beginnt er zunächst unruhig auf und ab zu laufen. In diesem Moment schläft meine Frau noch ruhig und tief, wie ich an ihren ruhigen

Atemzügen feststellen kann. Würde ich nun in einem separaten Bett, möglichst in einem separaten Appartement liegen, wäre alles in Ordnung. Ich könnte aufstehen, im Bad ein wenig kaltes Wasser in mein verquollenes Gesicht spritzen, mir die Zähne putzen und schließlich etwas anziehen und nach der Hundeleine greifen.

So aber, mit der schlafenden Frau neben mir, bleibt mir nur, gegenüber dem Hund den tief Schlafenden zu spielen, was das Tier veranlasst, zur Phase zwei seiner Erweckungsbestrebungen überzugehen: Er beginnt leise zu fiemen. Sie kennen das Geräusch? Es ist ihm offenbar von der Natur gegeben, um seinen Rudelkameraden beizubringen, dass er etwas ganz dringend erledigen will. Gleichzeitig wird die Körpersprache eingesetzt, die mit heftigen, schlängelnden Bewegungen verbunden ist. So etwa stelle ich mir den Bienentanz vor, bei dem die Insekten ihren Teamkolleginnen beibringen, in welcher Richtung welche Nahrung zu finden ist und darüber hinaus noch, wie weit entfernt vom heimischen Bienenstock die sagenhafte Futterquelle zu finden ist. Immerhin ein ziemlich komplexes Kommunikationsvorhaben. Unser Hund will dagegen nur erreichen, dass er endlich in den frühen Tag hinaus darf. Seine Sehnsucht danach ist allerdings so groß, dass er die komplexen Hampelbewegungen der Bienen locker überbietet.

Es versteht sich von selbst: solche Art der Bewegung macht ebenfalls Geräusche und nun ist es soweit. Der Tiefschlaf meiner Frau ist durchbrochen. Schnaufend vor unterdrückter Wut wirft sie mir zunächst finstere Blicke zu, bevor sie sich abwendet und die Bettdecke demonstrativ über die Ohren zieht.

Das ist der Moment, den ich als bestmögliche Startposition erkannt habe: Schnell und leise schlüpfe ich aus dem Bett, was den Hund veranlasst, in ein regelrechtes Triumphgeheul auszubrechen. Ein Hotelzimmer der normalen Kategorie bietet nun leider keine Möglichkeit, eine Tür zwischen sich und das Bett zu bringen – mal gerade eine kleine Badnische kann da ein wenig Abhilfe schaffen.

Und da stand ich nun an jenem ersten Morgen unseres Urlaubs und sah in den Spiegel. Wie komme ich aus der Nummer raus? Meine Tochter, sie ist durchaus psychologisch versiert, hat mir versichert, dass es hilft, wenn man seinem eigenen Spiegelbild zulächelt. Nun wusste ich nicht mehr, ob von führenden Psychologen empfohlen wurde eine halbe Minute oder etwa mehrere Minuten sich selbst anzugrinsen. Allein die Absurdität dieses Lächelns würde genügen, die Spiegelneuronen im eigenen Gehirn – welch wunderbare Funktionalität – zu aktivieren und damit jegliche schlechte Laune zu vertreiben.

Ich ließ mich auf einen Kompromiss ein, schaute auf die Armbanduhr und lächelte mir selbst eine volle Minute lang intensiv zu. Natürlich fand ich meine eigene Visage am Anfang irgendwie blöd und das Grinsen darauf nicht minder. Aber dann, so nach der fünfundvierzigsten Sekunde, verzog sich der etwas krampfhafte Zug um meinen Mund und machte tatsächlich einem völlig unverstellten und befreiten Lächeln Platz. Kein Quatsch, der Psychologentrick funktionierte! Der Hund hatte sich inzwischen zu meinen Füßen hingelegt und legte noch einen kurzen Bäckerschlaf ein. Hunde können so etwas. Einigermaßen entspannt öffnete ich die Badkabine, griff mir die Sachen vom Haken, um mich vor der Tür weiter anzuziehen.

Einen Vorteil hatte die Angelegenheit: Ich lernte den Betrieb in einem Urlaubsort quasi von der ersten Betriebsminute an kennen. Und wissen Sie, wem ich an diesem Morgen und an den Folgetagen unseres Urlaubs auf den Gehwegen begegnete? Hundebesitzer um Hundebesitzer zog an mir vorüber, seinen Waldemar oder Ajax, seine Sunny oder Polly an der Leine, aber kein einziger hatte ein so entspanntes Lächeln auf dem Gesicht, wie ich.

Seelenverkäufer

Nach unserem Urlaub besuchten uns Freunde, Campingfreunde, um genau zu sein. Die fehlenden Schlafstunden der Urlaubstage waren aufgeholt und wie es so ist: wir wollten den Freunden etwas Besonderes bieten und luden sie deshalb zu einer Hafenrundfahrt im Nachbarort ein. Die ehemaligen traurigen Seelenverkäufer, die dort vor Jahren in Richtung der nächsten Insel Fährdienste versahen, sind inzwischen schnuckeligen Ausflugdampfern gewichen, aber ich erinnere mich noch genau, wie ich vor vielen Jahren erlebte, wie einer der betagten Inseldampfer die Kaimauer rammte, weil der Motor mitten im Anlegemanöver versagte. Die Menschen an Bord des Dampfers bekamen nicht mit, was auf sie zukam. Das Schiff befand sich mitten im Hafenbecken als der Kapitän versuchte, Fahrt wegzunehmen. Im Wasser wirkt keine Bremse, Motorboote müssen ihre Antriebsschraube entgegen der Schubrichtung drehen lassen. Diesem Zweck dient das

Wendegetriebe. Wird es bedient, dreht sich der Propeller in entgegengesetzter Richtung und beschleunigt entgegengesetzt der Fahrtrichtung. Langsam aber gleichmäßig näherte sich die einlaufende Fähre der Kaikante. Der Versuch, die Drehrichtung der Schraube zu ändern war deutlich zu hören: das Wendegetriebe knurrte wie ein geprügelter Hund. Danach wurde es sehr, sehr still im Hafenbecken. Der Motor war den Anforderungen der Kräfte nicht gewachsen und gab seinen Dienst auf. Abgewürgt. Einfach ausgegangen.

Wieder und wieder drehte nun der Anlasser, ein Geräusch, wie ein Würgen, ein Wimmern. Die Urlauber an Deck sahen die Hafenkante unausweichlich auf sich zu kommen. Wieder wimmerte der Anlasser. Der betagte Dieselmotor sprang einfach nicht wieder an. Jetzt zeigte sich, dass weder der Kapitän und natürlich erst recht nicht die Passagiere, damit rechnete, was sie beim Rammen der Hafenkante erwartete. In aller Seelenruhe sahen sie zu, wie der Abstand zwischen Boot und Mauerwerk Meter um Meter schrumpfte. Vielleicht nahmen alle an, sie würden mit einem leichten Schubs davon kommen, einen größeren Schritt machen und gut ist es? Vielleicht dachte der Kapitän, er könne mit einem finalen Manöver Volle-Fahr-Zurück noch in letzter Sekunde den Aufprall mindern? Ich weiß es nicht. Der Motor sprang jedenfalls nicht an und das Schiff fuhr in Schrittgeschwindigkeit gegen die Wand.

Es knallte, nicht sehr laut, aber welche Kräfte wirkten, zeigte sich in einem dumpfen Beben, welches das Hafengelände erschütterte. Der Bug der nicht eben kleinen Fähre knickte wie Papier über der Kaikante ein und nur die in der Spitze aufgestapelten Gepäckstücke verhinderten, dass die Passagiere wie Puppen über Bord geschleudert wurden. Die Stahlverkleidung des Mauerwerks gab mit einem tiefen Stöhnen nach, Mörtelstaub quoll aus dem entstandenen Riss.

Nach wenigen Sekunden der Schockstarre ertönten Schreie. Rettungswagen, sie hatten es nicht weit, fuhren vor. Es war reines Glück: Aus einigen Platzwunden floss das Blut und eine Frau hatte sich das Handgelenk gebrochen. Die Passagiere standen im Hafen und erzählten sich immer und immer wieder, wie sie das missglückte Anlegemanöver erlebten, bis schließlich jeder seine Gepäckstücke aufnahm und verschwand…

Dieser nun wirklich nicht weltbewegende Unfall liegt inzwischen so etwa vierzig Jahr zurück und er drängte sich in meine Erinnerung, als ich nach so langer Zeit wieder dort am Ufer des Hafenbeckens stand.

Unsere Gäste und wir jedenfalls machten unsere Hafenrundfahrt, das Boot legte mit elegantem Schwung an. Und trotzdem ließ mich das Bild aus der Erinnerung nicht wieder los: die nahezu hilflosen Menschen, die darauf hofften, dass es schon nicht so schlimm kommen würde. Ja, was hätten sie schon tun können, als ihr Schicksal für einen Moment von einem funktionsunwilligen alten Dieselmotor abhing? Nichts? Oder hätten sie ihre Nächsten anhalten können, sich festzuhalten, damit sie der Aufprall nicht von den Füßen holt? Sicher, das wäre eine mögliche Alternative gewesen. Aber die Passagiere dort auf dem Deck nahmen an, dass das Anlegemanöver schließlich doch klappen würde. Erst der Aufprall belehrte sie, dass man nicht ungeschützt gegen eine Kaimauer fahren sollte. Schließlich schaute auch der Kapitän bis zur letzten Sekunde dem Aufprall seelenruhig entgegen. Wäre es uns in gleicher Situation anders ergangen? Ja, sind wir nicht alle in derselben Situation, auf unserem Raumschiff

Erde, welches sich Sekunde für Sekunde durch schwieriges Terrain bewegt? Wie deuten wir die Zeichen? Was leiten wir daraus ab? Wer es wissen will, kann Tag für Tag sehen, wie der Regenwald vernichtet wird. Zu weit weg? Inzwischen sind vor unseren Augen Populationen von Lebewesen zusammengebrochen. Drei Viertel der Bestände an Insekten – sie fehlen einfach. Die für das Klima so wichtigen Ausgleichswinde, der sogenannte Jetstream, er verschiebt sich Jahr um Jahr weiter in Richtung Süden. Die Eismassen der Arktis werden schmelzen. In weniger als zwanzig Jahren sind die Gewässer um den Nordpol im Sommer eisfrei. Sitzen wir nicht an Deck, wie die Passagiere vor vierzig Jahren und sehen dem Aufprall seelenruhig entgegen?

Erinnerungen

Wo wir gerade beim Erinnern waren: Es ist schon so eine Sache mit den Erinnerungen. In der Kindheit spielen sie echt keine Rolle – wie auch, dieser Schatz muss ja zunächst eingefahren werden. Erinnerungen werden zunächst trainiert, indem zum Beispiel die Eltern ständig nachfragen, etwa wie der Ausflug gestern war, oder was es zu Essen in der Kita gab, usw. usf.. Dabei ist es uns als Kind ziemlich egal, was gestern oder vorgestern war – die Vergangenheit ist ein hoch abstrakter Begriff –, uns interessiert viel mehr, was kommen wird, was wir in den nächsten fünf Minuten erleben werden. Wenn da nichts in Aussicht ist, kann uns vielleicht noch das nächste materielle Großerlebnis anheben: was ich mir ganz stark wünsche, wie etwa die neue Pinkelpuppe oder das neue Fahrrad.

Später im Leben lässt die Bedeutung des Materiellen etwas nach, Beziehungen kommen ins Spiel und die Wünsche richten sich auf andere Menschen, auf Liebe, auf Anerkennung. So wird die Zeit dahin gehen bis noch viel, viel später ein Wendepunkt eintritt, von welchem an dann die Menschen ihre Erlebnisse reflektieren. Von diesem Moment an tritt der Erinnerungsprozess in seine Reifephase ein. Das kann ein schöner Prozess sein aber er kann auch sehr quälen.

Stellen Sie sich vor, Sie hätten, als Fahrer fungierend, die Karre, in der Ihr Vorgesetzter und Sie dienstlich saßen, gegen einen Baum gefahren. Die Sicherheitsgurte zogen an, die Airbags gingen auf und der Kopf des Mannes, der eben noch leicht verächtlich Ihren Fahrstil belächelte, verschwand mit einem lauten Knall in dieser weißen Blase.

Könnte es nicht sein, dass Sie sich an diesen unbewussten Befreiungsschlag, an die leichte Drehung des Lenkers in Richtung des Alleebaumes zunächst als an einen bedauerlichen Unfall, als an ein zwar sehr unwahrscheinliches aber trotzdem eingetretenes menschliches Versagen erinnern? Das wäre mindestens für die Stunden nach dem Ereignis sehr zu empfehlen, denn wenn erkennbar werden würde, dass Sie Ihren Chef bewusst das überhebliche Lächeln aus dem Gesicht zauberten, dürften Sie ihren Führerschein sicher für alle Zeit dem unfallbearbeitenden Beamten aushändigen.

Nehmen wir an, der Unfall ging als solcher durch, der Chef landete im Krankenhaus und Sie konnten unverletzt nach Hause. Dort wäre der Verarbeitungsprozess so richtig in Gang gekommen. Und wissen Sie, wer am Ende alles richtig gemacht hätte? Sie natürlich!

Das liegt an einer einfachen Schutzfunktion unseres Gehirns, denn nur, was uns gelingt, machen wir gut. Wir können also machen was wir wollen – uns gelingt einfach alles! Zumindest mit etwas zeitlichem Abstand!

Vor die Füße

Geht es Ihnen auch so? Ich jedenfalls kann machen, was ich will – immer fallen mir Geschichten vor die Füße. In manchen stecken wir selber bis über beide Ohren. Die jedenfalls, die ich Ihnen jetzt erzählen will, muss sich schon vor einiger Zeit zugetragen haben, denn sonst hätte sie mir der Mann, der sie mir erzählte, nicht mitteilen können, denn ich nehme an, dass er nach dieser Aktion für einige Zeit dem freiheitlich demokratischen Leben eine Weile Adieu sagen musste. Zumindest, was den freiheitlichen Teil anging.

Es war zum Verzweifeln! Jeden Tag sah ich den Gutachter für KFZ-Schäden mit seinem Monstertruck des Typs Hummer zum nächsten Auftrag fahren. Eines stand fest: der Typ musste nicht am Hungertuch nagen. Bei uns daheim sah die Sache etwas anders aus. Klar, am Hungertuch nagen wir auch nicht. Da wären wir schön blöd, wo uns doch quasi die Früchte in den Mund fallen, wohnen wir doch auf dem Lande. Aber irgendwann auf der Strecke zwischen dem dreißigsten und fünfzigsten Lebensjahr musste sich meine Frau so einen blöden Krebsvirus einfangen. Oder wo diese verfluchte Krankheit auch hergekommen sein mochte. An sich haben wir ganz vernünftig gelebt. Das galt zumindest für sie. Ich habe zugegebener Maßen ziemlich systematisch über die Stränge geschlagen. Was haben wir nicht gesoffen! Naja, sie jedenfalls hat die Krankheit erwischt und nicht mich. Sind schon seltsam, die unerforschlichen Wege Gottes. Das hat jedenfalls unserer Pfarrer behauptet, der aller zwei Monate bei uns in der Dorfkapelle predigen kommt. Er behauptet, dass der Mensch nicht tiefer fallen kann, als in Gottes Hand. Na, ich weiß nicht. Für meine Frau gab es tatsächlich eine ganz realistische Heilungschance und die hatte irgendetwas mit der Eigenaktivierung ihrer Abwehrkräfte zu tun. So weit so gut. Dann aber kam das böse Erwachen, denn die Krankenkasse zahlte die von unserem forschungsorientiertem Hausarzt empfohlene Therapie nicht. Stattdessen bekam sie die übliche Chemieversion, die, wie uns der Arzt erklärte, alle Zellen vernichtet, die schnell wachsen. Danach wussten wir erst, was an einem Manschen alles schnell wächst!

Diese Therapie bekam meiner Frau in keiner Weise. Wir hörten, dass einige durch dieses Jammertal mit Bravour spazieren – bei uns war das kein Spaziergang und sie tat mir von Tag zu Tag mehr leid. Bis ich es nicht mehr aushalten konnte.

Glauben Sie mir, die Idee, das viele Geld auf illegalem Weg zu beschaffen, ist mir nicht leicht gefallen. Letzten Endes hat mich dieser Idiot von KFZ-Gutachter auf die Idee gebracht. Wenn er nicht jeden Tag an unserer Haustür vorbeigebrummt wäre – wer weiß, vielleicht hätte ich eine subtilere Methode gewählt.

So aber karrte er genau an einem der Tiefpunkte in der Krankengeschichte meiner Ehefrau vorüber. Am Morgen hatte sie mich hilfebedürftig angesehen, bevor sie zur morgendlichen Kotzattacke in der Toilette verschwand. Und dieser Blick, aus ihren dunkel umrandeten Augen, die ich so sehr liebte, er ließ mich einfach nicht los. Der Gutachter also gab seiner Dreckskarre noch ordentlich Gas, als er an unserem Grundstück vorbeizog. Ich schaute demonstrativ weg.

Andererseits muss mir in diesem Moment aufgegangen sein, welche materielle Gewalt hinter diesem Eisengerät stecken musste. Und ich meine wirklich, die ganz unvermittelte rohe Gewalt! Ich selbst nutze unser betagtes Allerweltsauto gelegentlich, um Sträucher aus der Erde zu ziehen, denn das Ausgraben mit dem Spaten ist mir inzwischen doch ein wenig zu mühsam. Mit ein wenig Schwung und einem guten Abschleppseil ist das kein Problem. Üblicherweise half mir bei derartigen Vorhaben immer der Reinhard von neben an. Reinhard ist ein schlichtes Gemüt und für ein Bier macht er alles für mich. Allerdings ist es zu empfehlen, ihm ganz genau zu erklären was er tun soll, denn ansonsten macht er ganz gern etwas falsch. Wie falsch der Reini die wichtigeren Sachen machen kann, sollte ich noch erfahren. Allerdings bemüht er sich, seine Fehler wieder auszubügeln. Anders kann ich das nicht sagen.

An jenem Tag also kam ich auf die Idee, das Eisenschwein des Gutachters für die Beschaffung der notwendigen finanziellen Mittel mit ins Kalkül zu ziehen. Mir schwebte so etwas vor, wie vielleicht einen Nachttresor zu rauben. Das kam mir ungefährlich vor und entsprach meiner Absicht, niemandem zu schaden, als den bescheuerten Banken, die zwar Steuermittel ohne Ende bekommen, wenn ihre Bilanzen nicht stimmen, die aber absolut kein Ohr dafür haben, wenn eine Frau Geld für eine Eigenbluttherapie braucht. Ich muss es wissen, denn unser Kreditantrag scheiterte kläglich.

Naja, letzten Endes brachte mich Reini auf die Idee, einfach einen Geldautomaten mitzunehmen. Im ersten Moment hielt ich seine Idee für ziemlich bescheuert. Als aber fast wöchentlich Geldautomaten in unserer Region mit Gas einfach aufgesprengt wurden, fand ich die Idee schon nicht mehr so dämlich. Die Täter mit den Gasbomben jedenfalls wurden niemals erwischt. Es müssen wohl Banden gewesen sein, die aus dem Ausland kamen, zuschlugen und wieder verschwanden.

Ich kam mir fast wie ein Robin Hood vor, als ich auf die Idee kam, unsere Sparkasse gleich um die Ecke von ihrem Geldautomaten zu befreien. Dann konnten wenigstens die Banditen nicht mehr zuschlagen und das Geld würde garantiert in der Region bleiben!

Das Besondere an unserer Sparkassenfiliale war, dass sich der Kundenraum in der ersten Etage eines Neubaus befand, in dessen Erdgeschoss der örtliche Edeka uns Anwohner mit dem Notwendigsten versah. Bis der Pächter schlapp machte. Lohnte sich wohl nicht mehr so richtig, denn die Einwohner zogen es vor, die zwanzig Kilometer bis zum nächsten Aldi zu fahren, bloß um ja nicht einen Fatz zu viel zu bezahlen.

Es lebe die Solidarität! Bloß kosten darf sie eben nichts. Der Laden im Erdgeschoß stand also leer und durch den Korridor gelangten geldbedürftige Kunden in die erste Etage, wo sie zunächst durch eine Kundenbetreuerin begrüßt wurden. Nachdem die aber auch noch wegrationalisiert wurde, nahmen zwei Automaten das Sparkassengeschäft wahr: Ein Geldautomat und ein Auszugdrucker, der gleichzeitig Überweisungsaufträge annahm.

Die Automaten standen an der Außenwand und was die Sprengmeister vielleicht von einer möglichen Attacke abhielt, inspirierte mich zur Nutzung des Geländewagens. Übung im Herausreißen von fest verankerten Sträuchern hatte ich und mit Reini als Gehilfen sollte der anschließende Abtransport des Geldautomaten zu schaffen sein! Selbstverständlich benutzten wir kein Abschleppseil. Bei uns in der Scheune, die, nachdem wir uns den Automaten später tatsächlich geschnappt hatten, als Versteck herhalten musste, hingen noch etliche Stahlseile. Eins davon war mindestens fünfzig Meter lang. Reini trug schwer, als er das Seil in die Filiale astete. Er schob die Schlaufen der Enden zwischen den vergitterten Fenstern einfach hindurch. Die Scherben klirrten nur leise. Das war aber ziemlich egal in dieser Nacht, denn die Ecke ist tatsächlich ziemlich einsam.

Willst du wissen, wie ich an den Hummer gekommen war? Der Gutachter pennt regelmäßig fremd. Du wirst es nicht glauben – ich habe den Wagen schlicht und einfach vom Hof gefahren. Der Schlüssel steckte. Das fiel mir auf, als ich bei Pia Marie Strohballen für die Pferde lieferte. Ihr Gehöft lag einsam und verlassen, nur der blöde Hummer stand da und der Schlüssel steckte. Ich brauchte also nur warten, bis dem Kerl mal wieder nach Pia Marie war.

Ich glaube, die merkten an diesem Abend noch nicht einmal, dass ich die Kiste vom Hof fuhr. Jedenfalls kam niemand hinterhergerannt, oder so. Noch in derselben Nacht schlugen Reini und ich zu. Danach versteckte ich das Ding und natürlich den Automaten in meiner Scheune und ärgerte mich teuflisch über meine Nachlässigkeit. Sie fragen warum? Es gab da so ein fliegendes Wort: Vertrauen ist gut, Kontrolle ist besser!

Die praktische Umsetzung des Automatendiebstahls war kein Problem. Der Hummer zog das Ding durch die Wand, wie durch Butter.

Der Aufprall der schweren Kiste war nun doch etwas lauter, als die paar klirrenden Glasscherben und ich konnte schließlich auch nicht einhundertprozentig wissen, ob der Gutachter den Diebstahl seiner Monsterkarre nicht doch angezeigt hatte. Dann wären vielleicht genau in dem Moment die Polizisten vorbeigekommen, wo wir den Automaten an der Leine hatten? Ich war also ziemlich nervös und sehr froh, als Reini neben mir in die Karre sprang. Kann losgehen, rief er, und ich gab Gas. Wie gesagt, es rumste erheblich. Ich zerrte den Eisenklotz bis zum nächsten Abzweig in den Wald. Die Schleifspur war noch einige Wochen zu sehen, das sage ich dir.

Dann kippten wir das Ding auf den Bootstrailer von Reinis Vater. Keine Viertelstunde später ging mir der Sinn des Denkspruches auf, nämlich genau in dem Moment, als ich die Funzel in der Scheune anmachte, um zu sehen, wie so ein Geldautomat eigentlich aufgebaut ist. Wir hatten den Auszugdrucker geraubt!

Frag mich jetzt nicht, was ich Reini alles an den Kopf geworfen habe.

Letztlich habe ich mich wieder eingekriegt. Damit wir den Hummerdiebstahl nicht umsonst hingelegt hatten, habe ich das Ding an einen guten Freund verkauft. Das Geld reichte nicht für die Eigenbluttherapie.

Nur wenig später fand ein Einbruch mit Brachialgewalt statt. Diesmal fuhren die Täter mit einem Fahrzeug des Typs Hummer direkt in einen Elektronikmarkt hinein und natürlich war es nicht gerade die typische Einkaufszeit.

Die Polizei traf zwar schon eine knappe Viertelstunde nach dem Auslösen des Alarmes ein, von den Tätern, die nur im Eingangsbereich die wertvolleren Mobiltelefone gestohlen hatten, fehlte jede Spur. Seitdem sind die wertvolleren Geräte nicht mehr im Eingangsbereich zu bekommen – man muss schon durch den ganzen Markt gehen, um an eines heranzukommen.

Unser KFZ-Gutachter fuhr bald mit einem neuen Hummer – der war nicht mehr ganz so riesig – an unserem Grundstück vorüber. Manchmal winkt er. Selbstverständlich winke ich zurück. Als ich neulich Stroh an Pia Marie ausliefert, stand der neue Wagen wieder da. Diesmal war ordentlich abgeschlossen. Ich habe es ausprobiert.

Meiner Frau geht es inzwischen etwas besser. Sie hat ein neues Handy und ist, zumindest was WhatsApp angeht, immer Uptodate.

Mister Hastings

Haben Sie Asthma? Wenn ja, werden Sie die ge-
schilderten Beklemmungen sicher verstehen,
wenn nicht, hilft Ihnen die folgende Geschichte
vielleicht, ein wenig Empathie für Ihre fiependen
Mitbürger aufzubringen. Ich jedenfalls habe
Asthma und ich fiepe mich durch die Tage. Da
fällt das leichte Klingeln in den Bronchien in der
Regel nicht so auf. Es geht einfach in den vielen
Nebengeräuschen des Tages unter. Aber wenn die
Nacht kommt…
Ich sage Ihnen, dann ist es besser, man schläft
allein. Oder Sie legen sich Ihren kleinen Spra-
ystoßgenerator gleich neben das Bett, damit Sie
beim kleinsten Anzeichen eines Asthmaanfalles
zugreifen können. Sollten Sie das versäumen,
kann es Ihnen passieren, dass Ihnen, wie mir ge-
schehen, Mister Hastings begegnet – eine beein-
druckende fette Persönlichkeit, die sich mit aller
Macht in Ihr Atemregime einmischt.

Ich jedenfalls war ohne jegliche Vorsichtsmaßnahme ins Bett gegangen. Mein Asthmaspray lag im Bad, wie immer. Ich hatte keine Ahnung, dass ich gleich diesem ausnehmend dicken Mann und seinem Neffen begegnen würde. Ich hatte kaum die Augen geschlossen, als ich gegen Ende des vorvorigen Jahrhunderts in einem englischen Salon aufwachte. Die ganze Bude strotzte nur so von Biedermeier: die Möbel hatten verschnörkelte Beine, die Bilderrahmen aus schwer vergoldetem Gips umfassten Landschaften mit Schafen und zugehörigen Schäfern, die ihren Geliebten auf der Flöte vordudelten.

Die Salonbesucher, alle standesgemäß in dicken Tweed gekleidet und ausnahmslos männlich, unterhielten sich gedämpft. Ich glaube sogar, sie trugen Perücken! Ein gedämpftes Murmeln erfüllte also den seltsam plüschigen Raum. Stäubchen segelten durch die Luft und ich musste kräftig niesen. In einiger Entfernung machte ein beflissener Salongast einen Mann, der mir seinen mit grünem Tweed umhüllten Speckrücken zuwandte, darauf aufmerksam, dass ihn ein Tröpfchen meines Niesers auf den Rücken gelangt sei. Zweifelsohne war dieser Salongast hilfsbereit, denn er zog ein spitzenbesetztes Taschentuch aus dem Ärmel und wischte das Rotzeklümpchen einfach weg.

An sich hätte die Angelegenheit damit ja wohl erledigt sein können, oder? Der Tweedrücken jedoch kam unaufgefordert an meinen Tisch und in seinem Windschatten bewegte sich ein kleiner rotgesichtiger Junge, der, wie der große Mann, einige Pfunde zu viel am Leibe hatte. Bei dem Jungen sah das ja noch ganz passabel aus, der Dicke jedoch war eine richtige Dampfwalze! (Gab es die damals schon?) Und genauso verhielt sich der Kerl auch! Ohne sich vorzustellen, packte er einen Stuhl, klemmte ihn sich rittlings zwischen die Beine und drückte seinen Neffen neben mich auf das Plüschsofa. Dann zückte er einen richtig dicken Stift. Als der Junge dieses Gerät sah begann er zu maulen: Er wolle nicht schon wieder pieksen und schon garnicht wolle er gepiekst werden!

Sein Oheim ging auf das Quengeln in keiner Weise ein, nein, er zückte noch einen solchen Monsterstift, drückte mir diesen in die Hand und erklärte mir die Spielregeln des Spiels, welches er nun mit mir und dem Bengel zu spielen gedachte. Es hatte irgendetwas mit Treffern und Punkten zu tun, und, natürlich musste gepiekst werden.

Ich bin ein eher langsamer Typ und zu so einem Joke bin ich im wirklichen Leben nur sehr, sehr schwer zu bewegen. Im Traum lehnte ich diesen Unsinn folgerichtig ab und legte den Stift langsam aber demonstrativ vor mir hin. Der Junge freute sich offenbar darüber. Er rückte mir auf dem Sofa gleich ein Stück dichter auf die Pelle.

Dem Alten jedoch war meine Verweigerungshaltung quasi schnurz, denn er begann ohne Umschweife mit dem Pieksen.

Die ersten Stöße in Richtung meines Körpers konnte ich noch abwehren – dann hatte sich der dicke Kerl eingestochen. Ich warf mich zur Seite, wurde jedoch durch den Jungen in meiner Fluchtbewegung massiv behindert. Also rollte ich mich unter den Stichen des Stiftes, die inzwischen zielgerichtet meinen Solarplexus erreichten, zur anderen Seite hinweg. Dabei öffnete sich mein Wams und nun kam der Fettsack so richtig in Wallung. Ich sah, wie sein bulldoggenartiges Gesicht unter der Perücke in Schweiß geriet. Den Stift benutzte der Kerl nun nicht mehr. Er stieß gleich mit seinem fetten Finger in meine Brust und jeder Stich traf. Langsam aber sicher ging mir die Luft aus. Dann war es soweit: Auch der Junge neben mir piekste mich. Mein Chakra machte schlapp - die Luft entwich mir, wie aus einem losgelassenen Lufballon. Ich war am Ende. Um mich wirbelten Glieder, deren Bewegungen ich nicht mehr zu folgen vermochte, die jedoch alle unbarmherzig ihr Ziel trafen. Und dann, als es um mich herum bereits dunkel zu werden begann, vernahm ich eine Stimme im warmen Alt… Die Hausherrin griff ein: Aber Herr Hastings, so rief sie mit einem Gurren in der Stimme, Sie können mir doch nicht meine Gäste so einfach zu Tode kitzeln. Herr Hastings wendete sich von mir ab, verlagerte sein Gewicht ein wenig. Sofort strömte wieder Luft in meine Lunge. Ich war gerettet.

Cuba Libre

Ich gehe davon aus, Sie kennen Cuba Libre? Aber wussten Sie auch, dass es ein offizielles Rezept der Vereinigung der Internationalen Barkeeper gibt? Wenn nicht, will ich es Ihnen nicht verschweigen. Sie kippen einfach 5 cl weißen Rum (den echten Kubarum, versteht sich, nicht den mit B), 12 cl Cola und 1 cl Limettensaft in ein Glas. Wenn Ihnen zu heiß ist, geben Sie noch ein, zwei Eiswürfel hinzu – das war's. Ich kenne niemanden, dem das Zeug nicht schmecken würde. Jedenfalls war auf unserer Fahrt von Havanna nach Santa Clara keiner dabei, der die Drinks ablehnte, die der Reisebegleiter regelmäßig in Pappbechern anbot. Mir lag besonders daran, dass mein Patenkind sich nicht zu viel zumutete, deshalb beobachtete ich am Anfang der Fahrt noch genau, wer sich bei den Folgerunden bediente und wer nicht. Ich war zwar nicht der offizielle Reisebegleiter von deutscher Seite aus, aber für den Jungen fühlte ich mich schon verantwortlich.

Die anderen jungen Leute griffen bei jeder der Folgerunden zu, während sich Andreas wohltuend zurückhielt und seinen Cocktail so langsam schlürfte, dass er höchstens jeden zweiten Drink nahm. Irgendwo auf der A1 zwischen den beiden Städten verlor ich allerdings den Überblick, denn es war trotz der Klimaanlage ganz ordentlich warm in der Kiste. Ich schwitzte wie in der Sauna und griff wohl deshalb bei jeder Runde zu. Das hätte ich, wie ich später mitbekam, mal besser gelassen, denn als wir in Santa Clara ankamen, interessierte mich nur noch, wie die Betten des Hotels beschaffen waren. Die jungen Leute jedoch zogen mit Hallo in einen der nächsten Aufreißerschuppen. Wäre ich da noch fit gewesen, hätte ich vielleicht die folgenschweren Verstrickungen Andis verhindern können. Aber wer weiß. Dann hätte ihn eben eine andere erwischt.

Andi zog also mit den Feierwütigen los. Er winkte mir noch zu und das war quasi das letzte Mal, dass er mir in seinem Leben unverliebt begegnete. Soweit ich weiß, waren seine bisherigen Erfahrungen mit dem anderen Geschlecht eher von Sachlichkeit geprägt und ordneten sich den extrem ausgeprägten Erwägungen zur Zweckmäßigkeit seiner Beziehungen unter. Mir war das stets unheimlich, aber andererseits führte mich sein Verhalten dahin, dass ich nicht, wie viele meiner Kollegen, die Tauglichkeit der heutigen Jugend als künftige Rentenbeitragszahler in Bausch und Bogen verneinte.

Ein wirklich dezentes leises Klopfen an der Hoteltür machte uns am Morgen auf den Besuch der Attraktion Santa Claras, des Che Guevara Monuments, aufmerksam. Mein Schädel brummte zwar nicht, was für die Qualität des ausgeschenkten weißen Rums sprach, aber richtig fertig war ich mit den Cocktails noch nicht. Also hielt ich mich eher an die flüssigen Bestandteile des Frühstücksbüffets. Der Orangensaft schmeckte hervorragend. Unser Busfahrer wartete schon, neben sich eine Reisebegleiterin im Outfit einer Stewardess und mit den Proportionen eines Modells.

Das Durchschnittsalter meiner Mitfahrer muss weit über sechzig Jahren gelegen haben. Die jungen Leute glänzten durch Abwesenheit.

Als der Bus vor der Hotelausfahrt kurz anhielt war mir so, als ob dort Andi ein langhaariges Wesen küsst. Der Bus fuhr an und ich drehte mich noch, machte einen langen Hals, um Gewissheit zu erlangen. Nee, das konnte einfach nicht Andi sein, denn das Mädchen, welches der junge Mann dort umarmte, war noch einen Zacken schärfer, als die Stewardess, die uns das Weichbild Santa Claras erklärte.

Das war an sich der nächste Fixpunkt, an welchem ich vielleicht noch hätte eingreifen können. Aber ich hielt es mit Palmström, der zu dem Ergebnis kam, dass nicht sein kann, was nicht sein darf. Der Andi und ein solches Rassemädel? Niemals! So etwa muss es mir durch den Kopf geschossen sein. Ich lehnte mich also wieder zurück und folgte den Erklärungen der Schönen im Bus. Kuba hat mich beeindruckt!

Als Fernanda tatsächlich wenig später bei Andi einzog, war ich zunächst wie vor den Kopf geschlagen. Was fand diese Braut an meinem leicht anämischen Patenkind? Wiederum nur wenig später, als Andi mit Fernanda bei mir aufkreuzte, um sich Geld für die Kaution beim Meldeamt zu leihen, ließ ich die letzte Möglichkeit fahren, in die Geschichte einzugreifen.

War ich selbst dem Charme der jungen Frau aufgesessen? Sie hing an Andis Lippen, alles was der Junge sagte, brachte sie zum Lachen. Ihre dunkelblonden Haare flatterten im Wind und Andi zog ihr fürsorglich die Kapuze über die Haare, denn der Sommer war nun vorüber und es wurde kühler. Andi kam mir irgendwie gesünder vor. Sogar seine Wangen waren rot. Ich lieh dem jungen Paar das benötigte Geld.

Einige Monate später hatte der Alltag Einzug gehalten. Hatte ich schon gesagt, dass Andi bei mir in der Firma arbeitet? Wir stellen Gehäuse aus Metall her. Wenn Druck ist, wenn die Aufträge nicht mehr im Normalbetrieb zu bedienen sind, gehen wir zum Schichtbetrieb über. Die Arbeit ist anspruchsvoll, denn alle Nasen lang müssen die Stanzen neu programmiert werden. Viele Teile werden mit Lasern ausgeschnitten. Andi programmiert die Schneidegeräte und er ist für die Qualitätsprüfung der Zuschnitte verantwortlich. Vielleicht kommt daher seine Ordnungsliebe? Und vielleicht konnte es deshalb auch nichts werden, mit Fernanda? Sie sehen, ich bin selbst dabei Gründe zu finden, warum es kam, wie es kommen musste und wahrscheinlich hat das Ganze aber auch gar nichts mit Andi und seiner Liebe zu Fernanda zu tun, denn schließlich liebt der Junge das Mädchen immer noch, obwohl sie schon längst irgendwo in Spanien ihre Runden dreht.

Aber zurück zum Schichtdienst. Das Arbeiten in Schichten ereilt uns also von Zeit zu Zeit und

Fernanda störte es, wenn Andi mitten in der Nacht nach Hause kam. Also zog der Junge von Zeit zu Zeit bei mir ein und schlief auf dem Sofa. Nach einigen Wochen Schichtbetrieb war die Wangenröte endgültig aus seinem Gesicht verschwunden. Er kriegte kaum noch das Maul auf und wurde immer mürrischer. Als er sich wieder von mir Geld borgen wollte, wurde ich stutzig und beschloss, mal ein ernstes Wort mit Fernanda zu reden.

Andis Wohnung ist nicht besonders groß und ich hatte mich schon gefragt, wie die jungen Leute in einer Wohnküche mit Minibad und einer winzigen Abstellkammer so zurechtkommen.

Fernanda wollte mich wohl erst nicht reinlassen. Sie machte die Tür nur einen kleinen Spalt auf. Es war fast Mittag und mir kam ein Schwall verbrauchter Luft entgegen, der sich mit dem leichten Nachtschweißgeruch der jungen Frau mischte.

„Kann ich Dich sprechen?"

Sie nickte, ging aber kein Stück zur Seite. Mir blieb nichts anderes übrig, als einfach gegen die Tür zu drücken. Im Zimmer lag ein Futon und darauf lag Che Guevara. Fernanda lotste mich zu den Küchenstühlen und flüsterte:

„Was willst Du? Sei bitte leise, das ist Miguel, mein Cousin. Wir haben bis heute früh bei ihm in der Kneipe gearbeitet."

Ich erzählte ihr also ganz leise, dass es mit Andi ziemlich stetig abwärts ging. Sie sah mich lange an, dann fragte sie mich:

„Und, was soll ich tun?"

So, und das war der letzte Punkt, an dem ich versagte. Miguel wälzte sich auf den Rücken und sein schöner schwarz behaarter Katerbauch lag wie ein Berg im Bett meines Patensohnes. Fernanda raffte sich die Haare und warf dem Kerl einen Blick zu, den ich mir für Andi gewünscht hätte.

„Wolltet ihr nicht heiraten?"

Sie starrte vor sich auf die Tischplatte. Dann sah sie mir voll in die Augen.

„Ich und der Andi? Verheiratet?"

Obwohl sie es nicht aussprach. Es war so offensichtlich, dass aus dieser Ehe wohl nichts werden konnte. Statt den Umweg über Andi zu machen kürzte ich das Verfahren ab und gab ihr das Geld direkt. Am nächsten Tag waren Fernanda und Miguel verschwunden. Weil aber nichts geklärt ist und das Meldeamt auf Andis Kaution sitzt, kann die Hoffnung des Jungen nicht sterben. Er erzählt jedem der es wissen will, was für eine tolle Frau er demnächst heiraten wird. In letzter Zeit sitzt er abends in der Kneipe und erzählt die Geschichte auch denen, die nichts davon hören wollen. Auf dieser Stufe seiner Beziehung, also wirklich viel, viel zu spät bin ich dann aktiv geworden. Ja, ich habe mir die Liebesgeschichte von Andi und Fernanda erzählen lassen. Vorsichtig habe ich versucht, dem Jungen beizubringen, dass speziell diese Frau nun ganz und gar nicht für ihn geeignet sei. Er bräuchte etwas häusliches, ein Mädel welches sich nicht gleich bei den ersten Nachtschichten Che Guevara ins Bett holt. Ich habe manche Lage spendiert und was war das Ende meiner Bemühungen? Andi wollte nichts mehr von mir wissen. Er ging mir mit solcher Nachdrücklichkeit aus dem Weg, dass ich den Jungen selbst in unserer Firma kaum noch zu Gesicht bekam. Später erfuhr ich durch Zufall vom Schichtwechsel meines Patensohnes. Dadurch liefen wir uns bei der Arbeit garantiert nicht mehr über den Weg. Eine Kontrollmöglichkeit blieb mir allerdings noch: Durch einen Zufall konnte ich beobachten, wie er das Passwort für sein Onlinebanking eingab. Und so konnte ich hilflos zusehen, wie Monat für Monat größere Geldbeträge auf ein Konto in Spanien abgingen.

Auch hier war Andi gründlich. Er machte so lange weiter, bis sein Bankkonto am Boden angekommen war. Und dieser Boden lag ziemlich weit unter Null, das sage ich Ihnen.

Vor kurzem erst lief mir der Junge wieder über den Weg. Blass, hohlwangig, mit nach vorn gebogenen Schultern, die Hände fest in die Hosentaschen gerammt, ging er auf die Bushaltestelle vor seiner Wohnung zu. Es regnete, ich fuhr mit meinem Fahrrad langsamer. Unter meinem Regenumhang war ich nicht gleich zu erkennen. Ich lehnte das Fahrrad an das Wartehäuschen und überlegte krampfhaft, wie ich ihm helfen könnte. Meine Ratschläge wollte Andi nicht mehr hören – daran würde sich doch wohl nichts geändert haben? Ob ich ihn trotzdem auf ein Bier einladen sollte?

Der Bus kam, Andi stieg ein und sah mir voll ins Gesicht. Er nickte nur kurz, dann fuhr der Bus ab. Ich blieb noch eine Weile am Bushäuschen stehen und mir dämmerte die Erkenntnis, dass den Jungen nichts, aber auch gar nichts von Fernanda abbringen würde. Der Junge ist und bleibt eben verliebt und nicht jeder Mensch aus den nördlichen Breiten erlebt den Zauber tropischer Nächte. Mein Andi aber hat den Zauber erlebt und Tag und Nacht sehnt er sich nach ihm.

Psilocybe

Jahrelang wunderte ich mich, weil die Kinder in unserem Heim eine Phase hatten, die durch besonderes Ruhebedürfnis gekennzeichnet war. Ich schob die Trägheitsphase, wie ich sie für mich nannte, auf den Rückgang des Lichtes zurück. Obwohl uns zwar im Oktober noch richtig schöne Herbsttage beschert waren, wollten zunächst einige Jungs, später auch die Mädchen schon am späten Nachmittag ins Bett. Wie gesagt, mir war das ein Rätsel und die Heimleitung sollte besser nichts erfahren, bevor ich nicht selbst Bescheid wusste, warum diese seltsame Lethargie regelmäßig im Herbst wiederkehrte. Ich beschloss also, in diesem Jahr besonders aufmerksam zu sein.

Damit keine falschen Vorstellungen aufkommen: die Kinder, die wir in unserem Heim betreuen, befinden sich oft schon jenseits der Pubertät. Das Spektrum reicht vom schlaksigen Frühteeny bis zum abgeklärten Volljährigen. Ich empfinde sie trotzdem als meine Kinder, denn eines haben sie alle nicht abbekommen: eine funktionierende Familie, die sich um die Probleme ihres Erwachsenwerdens adäquat kümmert. In irgendeiner Weise sind die Kinder alle auffällig geworden. Typische Karriere für unsere männliche Belegschaft war entweder der Konsum oder das Verkaufen von Drogen verschiedenster Art.

Bei den Mädchen kam regelmäßig das Geldverdienen durch das Anbieten sexueller Dienstleistungen hinzu. Bloß um das klarzustellen, auch einige Jungs unserer Belegschaft wurden aus den Händen älterer Herren direkt in unser Heim überführt. Weil der Babystrich ziemlich konsequent überwacht wurde, lieferte er uns die meisten Zugänge.

Und so kamen die Kiddys bei uns an: wirtschaftlich einigermaßen selbständig, familiär völlig abgekoppelt und mehr oder weniger verwahrlost. Unsere Aufgabe bestand nun darin, den Kindern wieder einen anderen Sinn des Lebens nahezubringen und wenigstens dafür zu sorgen, dass sie den Hauptschulabschluss auf die Reihe bekämen. Denn Schule, das können Sie sich denken, stand auf ihrer Prioritätenliste des freien Lebens nicht an erster Stelle.

Klar, nicht bei allen kamen wir mit unseren Bemühungen an. Aber das Kollegium war sich einig nicht aufzugeben, auch wenn mal das eine oder andere Schäfchen wieder absprang.

Unser Heimleiter, Herr Schuch, ein asketisch wirkender Endfünfziger, führte genaue Statistiken, welchem der Heiminsassen wann welche Erfolge oder Misserfolge zuzuordnen waren und ganz besonders, wann es zu Ausbrüchen und Totalverlusten kam. Es war tatsächlich so: einige der Kinder tauchten nach ihren Fluchtversuchen nie wieder auf und es fiel zuerst Herrn Schuch auf, dass keiner der Fluchtversuche jemals im Oktober auftrat.

Als Herr Schuch diesen Sachverhalt dem Kollegium an Hand einer eindrucksvollen Präsentation vorstellte, fiel niemandem der Zusammenhang der fehlenden Fluchtversuche mit dem Ruhebedürfnis unserer Kiddys auf. Nur mir, aber ich hielt den Mund, denn ich hatte bereits einmal erlebt, wie das gesamte Kollegium einen Erzieher auslachte, weil er vorschlug, den gelegentlich verhängten Stubenarrest als kontraproduktive Maßnahme abzuschaffen. Dabei war seine Begründung, die den Zusammenhang von Druck und Trotz herausstellte, nicht von der Hand zu weisen. Als der Kollege ausgelacht wurde, war ich noch ganz neu im Heim und ich traute mich nicht, gegen die geballte Macht der anderen, gegenteiligen Meinungen, meinen Mund aufzumachen.

Heute, mit einiger Erfahrung, würde ich mich sicherlich an die Seite des Kollegen stellen. Aber die Chance ist vertan und Stubenarrest wird immer noch verhängt. Letztlich war es aber die Praxis des Stubenarrestes, die mich zum Erfolg bei der Suche nach der Auslösung der Herbstlethargie in unserem Heim führte.

Verstöße gegen unsere Heimordnung waren zwar nicht an der Tagesordnung, aber es kam immer wieder vor, dass sich Kinder auf dem Weg von der Schule zum Heim verspäteten. Je nachdem wie groß die Verspätung war, konnte dieses Vergehen mit einem Kopfschütteln, einem Eintrag oder eben, bei längerer Abwesenheit, mit Stubenarrest geahndet werden.

Der nächste, der in die Falle stolperte, war Justin, ein kleiner rundköpfiger Kerl, der mich immer ein wenig an einen Seehund erinnerte. Es war einer der schönen Herbsttage, als Justin es vorzog, im Park zu schlendern, statt sich am Heimeingang zurückzumelden. Erst als die Straßenlaternen zündeten, stand der Junge vor unserer Pforte. Er war sogar so nett zu klingeln, statt einfach über den Zaun zu klettern. Allerdings gab er keine Auskunft darüber, warum er sich verspätet hatte.

Er wurde also zu Herrn Schuch gebracht. Schuch ist nun nicht gerade ein Geduldsriese. Ich würde glatt behaupten, dass er als Choleriker in einer Einrichtung wie der unseren nichts zu suchen hat. Da er sich aber in der Regel an seine Statistiken klammert, fällt das nicht auf. Bloß wenn ihn so ein kleiner Kerl, wie der Justin, in aller Ruhe gegen die Wand anreden lässt, dann dreht der Mann durch.

Es kam, wie es kommen musste. Mit Gebrüll verordnete Herr Schuch dem kleinen Mann eine Woche Stubenarrest. Justin zuckte nur mit der Schulter. Auf seine Frage, ob er nun endlich gehen könne, nickte der Heimleiter völlig konsterniert. Er trauerte in diesem Moment bestimmt den guten alten Zeiten hinterher, denn er hätte den Jungen am liebsten ordentlich verdroschen. Ihn aber auch so aus der Fassung zu bringen!

Justin trippelte also seelenruhig in sein Zimmer. Ich hatte die Ehre ihn dorthin zu begleiten.

Vorsichtig hängte der Junge seinen Mantel in den Schrank. Dabei fiel mir auf, dass eine der Taschen ganz ordentlich aufgebläht war.

Die dicke Tasche ließ mir keine Ruhe. Wie eine Ladung Pillen sah die Beule nun weiß Gott nicht aus, aber ich beschloss, doch vorsichtshalber nachzusehen, was der Junge da gesammelt hatte.

Einigermaßen verdutzt stand ich mitten in der Nacht auf dem Flur und hielt eine Hand voller Pilze in das Licht der Notbeleuchtung. Ich nahm mir einen davon, den Rest steckte ich dem Jungen wieder in die Manteltasche.

Den Pilz identifizierte ich noch in dieser Nacht als den Spitzkegeligen Kahlkopf, einer Pilzart der Gattung der Psilocybe, die vorzugsweise im Oktober auf überdüngten Wiesen wächst. Der Junge hatte einen Vorläufer des LSD in der Tasche! Im Lexikon las ich nun nach, dass das Pilzgift, das Psilocybin, keine psychischen und physischen Folgen hinterlassen soll. Das also war des Pudels Kern! Der Kinder Ruhebedürfnis beruhte auf psychogenen Stoffen! Ich war verblüfft. Was sollte ich nun mit diesem Wissen beginnen?

Nach kurzer Zeit stand mein Entschluss fest: wenn es den Kindern nicht schadet und kein Mensch weiß, was ich weiß – weswegen sollte ich den Insassen den Spaß verderben? Sie hatten es schließlich so schon schwer genug.

Am nächsten Tag, Justin träumte in seiner Kemenate vor sich hin, nutzte ich die Mittagsaufsicht, um den Rasen oberhalb unseres Hofplatzes abzusuchen. In kürzester Zeit hielt ich mehrere Dutzend der kleinen Pilze in der Hand.

Die typische Tripdosis wurde mit 10 mg Psilocybin beschrieben, etwa ein bis zwei Prozent der Pilzmasse bestehen aus dem Wirkstoff. Ich musste also, so über den Daumen, zwei Gramm Pilze essen, um auf die Tripdosis zu kommen. Den ersten Pilz kostete ich vorsichtig. Er schmeckte tatsächlich, wie beschrieben, nach Rettig. Die nächsten fünf haute ich mir einfach so hinter, kaute sie gründlich und wartete auf die Wirkung.

Ich sah keine Farbenspiele, ich bekam keine verschobene Realitätsempfindung. Aber ich wurde so müde, dass mich wenig später eines der Mädel am Arm zupfte.

„Frau Hedrich, wachen Sie auf!"

Ich war tatsächlich breit bis in die Knochen. Ich schaffte es geradeso bis nach Hause und ich kann Ihnen sagen, dass ich das Ruhebedürfnis der Kiddys vollauf nachvollziehen konnte.

In den nächsten Wochen weideten wir gemeinschaftlich ohne ein Wort zu verlieren sämtliche Wiesen der Umgebung ab. Alle waren glücklich, die Zeit des Stubenarrestes von Justin ging im Flug vorüber.

Dann zog auch Justin wieder mit über die Wiesen. Mir gelang es inzwischen, die angekündigten Indianerbilder zu sehen, wobei ich meine Trips nur noch nach Feierabend hinlegte. Also wirklich, so schöne Bilder von sich überlagernden Farben, buntes Laub und Wasser, das hatte schon was. Klar war ich danach wieder breit und das Psilocybin brachte meinen Körper auf Zellebene zur Ruhe. Ich war entspannt wie nie zuvor. Den Heimkindern musste es ähnlich ergehen, so brav schienen sie mir. Auch wenn ich wusste, dass dieser Zustand nur vorübergehend war, ich fand ihn schön und zutiefst befriedigend.

Bis dann eines Abends Justin durchdrehte. Keine Ahnung warum, aber der Junge sah plötzlich in uns bedrohliche Gestalten. Er schrie, wenn wir uns näherten und natürlich kam Herr Schuch ins Spiel. Als auch er begann zu brüllen, artete die ganze Sache aus, der Notdienst kam und sowohl Justin als auch Herr Schuch bekamen eine Beruhigungsspritze.

Seitdem habe ich dem Psilocybin abgeschworen und in stillen Stunden stecke ich dem einen oder anderen Heiminsassen, der mir etwas zu lethargisch vorkommt, dass sie lieber die Finger von den Pilzen lassen sollen. Die Gefahr, Gespenster zu sehen, ist einfach zu groß!

NipponSuperDolls

Seine Eltern waren wohl Fans von dieser filmi-
schen Zukunftsvision gewesen, in der die Ma-
schinen den Menschen die Lebensenergie abzapf-
ten. Warum hätten sie ihn sonst wohl Neo nennen
sollen? Nach dem Leipziger Maler haben sie ihn
jedenfalls bestimmt nicht genannt. Mit Kunst
hatten sie es nicht so und mit zeitgenössischer
Malerei schon gar nicht! Egal – zu seinen Eltern
hatte er schon jahrelang keinen Kontakt mehr.
Neo wusste auch nicht, wo in der Weltgeschichte
sich seine Eltern gerade herumtrieben. Außerdem
wollte er das nicht wissen, denn in der Regel versuchten sie bei gelegentlichen telefonischen Kon-
takten doch immer nur, ihn als Verbündeten in
ihrem ihre Kräfte auffressendem Ehekrieg zu
gewinnen!
Das Ergebnis war, dass er alle wichtigen und
auch unwichtigen Themen der Beziehung der
Eltern haarklein von zwei Seiten beleuchtet bekam. Und das fand er echt nicht lustig. Für seine

Angelegenheiten zeigten sie bestenfalls eingeschränktes Interesse.

An Neos derzeitigen Verkaufserfolgen hätten sie bestimmt wenig Freude gehabt. Sein Vater hätte höchstens seinen unbestellten Senf dazu gegeben. D e r wäre bestimmt nicht auf die Idee gekommen, sich um eine der brandheißen neuen Superdolls zu kümmern. Neo jedoch schon, nachdem ihn einmal eine gottverdammte Animation so spitz gemacht hatte, dass er tagelang an nichts anderes hatte denken können.

Klar, die Dinger, die Superdolls, sind unwahrscheinlich teuer. Rein preismäßig wäre für ihn allenfalls so eine unappetitliche Gummimaus in Frage gekommen. Womöglich vergäße er im Eifer der Nutzung das Ausleeren! Ihn schüttelte es vor Ekel! Aber der Druck auf ihn stieg, als seine Freundin in Richtung Afrika abdampfte. Sie hatte ihr Medizinstudium beendet und bis zu diesem Zeitpunkt blieb für ihn keinerlei Frage zu möglichen Sexualpraktiken offen. Ihr Sex war tatsächlich phänomenal gewesen.

Umso mehr hatte ihn ihr plötzliches Verschwinden getroffen! Na, wenigstens eines wollte er von ihr auf die neue Gefährtin übertragen: Ihren Namen. Seine neue Gefährtin sollte ebenfalls Veronika heißen und seine neue Veronika sollte ihn nicht verlassen. Das plötzliche Verschwinden der alten hatte ihn dermaßen angekotzt! Tagelang traute Neo sich nicht auf die Straße, aus Angst, sich vor ein Auto zu werfen! Er schwor sich: Das passiert mir kein zweites Mal!

Ist die Not am größten, ist die Hilfe am nächsten. Der Notstand des jungen Mannes stieg von Tag zu Tag. Nach den seelischen Problemen des Trennungsschmerzes, kamen Entzugserscheinungen der körperlichen Art hinzu. Jede Nacht quälten den Jungen erotische Träume.

Auf der Suche nach erotischer Zerstreuung schaute er sich eines Abends mit Hilfe seines Laptops einen vermeintlich echten kleinen Gruppensex mit vermeintlich echten Menschen auf einer einschlägigen Website an.

In Erinnerung an Veronikas gefällige Akrobatik hatte er, so dachte Neo, schon alle Spielarten der Sexualität hinter sich gebracht – wohlgemerkt der eher normativen Art. Nicht, dass er den Tiefseebrowser benutzt hätte. So weit war es mit ihm noch nicht gekommen! Aber zu der Zeit war er schon darauf aus zu beobachten, welche besonderen Spielarten der Sexualität an den Rändern des Normativen zu verzeichnen waren. Und so kam er tatsächlich völlig zufällig auf die heißen Geräte aus Japan!

In der beobachteten Aufzeichnung jedenfalls waren nämlich nicht nur Menschen zu Gange, denn nur e i n e r der Kerle war echt. Als Darstellerin und als deren zweiter Stecher agierten tatsächlich Maschinenwesen. Neo war perplex! Als der Maschinenmann einen Blowup hatte, der sich gewaschen hatte – er führte zu einer regelrechten Spülung des Spielfeldes -, bemerkte er zunächst den Fake noch nicht. Das Bett schwamm also jetzt, genauso wie der Fußboden. Erst als die Frau sich aufrichtete, um sich den inzwischen ausgestiegenen Steuermann wieder vor die Brust zu nehmen, sah einen kleinen Schlauch, der zwar unauffällig doch deutlich sichtbar in den Hintern der Dame führte. Er schlug sich vor die Stirn. Synthetisch! Der Liebesakt war zum großen Teil synthetisch! Der Maschinenmann wurde nun vom menschlichen Lover rigoros zur Seite geschoben.

Von da an war der Rest vorhersehbar: Die Maschinenfrau bediente die Anforderungen der verehrten Anhängerschaft nach allen Regeln der Kunst, dass die Chaiselongue wackelte. Maschinenmann lag leicht verdreht auf der Seite und machte weiter, als wäre er noch in der Frau. So richtig zielstrebig war er wohl doch noch nicht programmiert.

Der echte Mann näherte sich nun seinem Höhepunkt; das Bild wurde an dieser Stelle etwas verwackelt. Die Szene wurde im erwarteten Sinne zu Ende gebracht, der Mann machte im wahrsten Sinne des Wortes schlapp. Das Video war zu Ende und Neo wusste – so eine Nummer wollte er auch mal erleben!

Der nächste Schritt war zwar logisch, aber nicht einfach: Die Kontaktaufnahme zum Hersteller der Superdolls gestaltete sich folgerichtig über dessen Vertriebskanal. Neo informierte sich über die ethischen Ansprüche und das sonstige Produktportfolio der Firma, kratzte sich beim Firmensitz den Kopf und erst Recht bei der Bestelladresse in Japan! Das konnte ja heiter werden! Was würde der Zoll dazu sagen, wenn er einen nackten, menschenähnlichen Computer auf seinen Kontrollmonitoren feststellen würde?

Neo wusste, dass schließlich nicht jede Kiste geprüft werden konnte, und so konfigurierte er zunächst zwei Modelle für sich und erschrak heftig über deren Preise.

Allein das zauberhafte Lächeln der willigen Erfüllungsgehilfen seiner Wünsche ließ ihn nicht verzweifeln. Kauf kam für ihn nach Kenntnis der Preise nicht mehr in Frage. Was sollte er tun?

Neo ließ sich als Vertriebspartner von NipponSuperDolls anheuern. Und er war bereit, für sein Ziel einigen Einsatz zu bringen. Bald schon standen die ersten von seinen Kunden konfigurierten Kisten bei ihm, als inzwischen gut geschultem Superdolltechniker zur Verfügung. Denn, mal ehrlich: die Superdolls wiesen noch erhebliche Macken auf. Doch Neo war jung, stark, motiviert und er legte sich ohne Skrupel ins Zeug.

Die Zeit ist schnelllebig. Die Modelle wurden ständig verbessert. Neo traf auf einen Markt der einsamen Herzen, die sich anscheinend nach Partnern verzehrten, die zwar das eine wollten, aber ansonsten die Klappe hielten!

Der Vorstand von NipponSuperDolls wurde auf die rapide steigenden Absatzzahlen in Neos Bereich aufmerksam. Es war nur eine Frage der Zeit, bis der junge Mann konsultiert wurde, wie er seine Erfolge erzielt. Ganz besonders interessierte sich der Hersteller - wegen der bekannten Anfälligkeit der Technik - dafür, wie denn seine Kunden dazu stünden, dass er als Techniker bei all ihren Fragen intimerer Art Hilfestellung geben musste und quasi beim Akt die Hände im Spiel hatte.

Neo zuckte bei dieser Anfrage bloß die Schultern. Da er inzwischen über ein gut bestücktes Ersatzteillager verfügte, war es ihm ein Leichtes gewesen, eine zusätzliche Synthetidermis zu beschaffen. Ausgestattet mit dem extrem angenehmen Ganzkörperüberzug gab er sich in der Folge den Interessenten gegenüber als der von NipponSuperDolls befähigte u n d hergestellte Technikomat aus. Von diesem Moment an hatte er weder mit den Kunden, noch mit der eigenen Sexualität mehr Probleme. Nur für den Durchfluss vom Hintern ins Gemächt konnte er natürlich nicht sorgen. Das vergleichsweise mickrige Volumen seines Ejakulats konnte er aber locker ausgleichen, denn dafür ging er ansonsten nicht kaputt!

Bruno Darf Sie Malträtieren

An sich konnte Bruno ganz gut rechnen. Beim Wettrechnen im Kopf blieb er selten hinter seinen Klassenkameraden zurück. Er durfte meistens einen Stuhl weiter vor rücken. Trotzdem hasste er die Mathematik von ganzem Herzen. Und das lag allein an seinem Lehrer, Herrn Wolfgang Schmidt, den er am liebsten tot gesehen hätte. Die Gewaltphantasien entstanden ihm allerdings erst später.

Zunächst gelang es Bruno, sich den ständigen Demütigungen des Wolfs, wie die Schüler ihren Mathelehrer nur nannten, zu entziehen. An Brunos Schule gab es einen Grund- und einen Realschulteil. Weil er im Kopfrechnen so gut war und in den anderen Fächern ebenfalls zur besseren Hälfte der Schüler zählte, war es für ihn zunächst ein leichtes, das Dorf nach der vierten Klasse in Richtung Gymnasium zu verlassen. Was war das für ein Neubeginn, so ganz ohne den gehassten Mathelehrer! Die zusätzliche tägliche

Fahrt mit dem Fahrrad, die ihn eine lange gerade Chaussee entlang bis in die nahe liegende Stadt führte, war ein Klacks, gegen den Gewinn an Lebensqualität. Mit Enthusiasmus und einem heißen Herzen strampelte Bruno jeden Morgen die Strecke ab.

Wunderschöne Spätsommertage begleiteten seinen Start in Tage ohne Erniedrigungen und ohne Angst vor den bohrenden Fragen, die ihm sein Intimfeind bisher fast täglich stellte. Wolf hatte die Angewohnheit, sich so seitlich vor ihm auf die Tischplatte zu setzen, dass sein fetter Schenkel Brunos Matheheft regelrecht auf der Tischplatte festnagelte.

All das war bald vergessen.

Doch das böse Erwachen ließ nicht lange auf sich warten, denn gute Tage werden schnell zur Gewohnheit und es ist leider so: wenn ein Zustand sich nicht ständig ein klein wenig verbessert, wird er als selbstverständlich empfunden. Dann fehlt nicht mehr viel und er ist öde und langweilig. Der stetige Anreiz wachsenden Vergnügens fehlte unserem Bruno vollständig.

Es kamen Regentage, es wurde Winter. In den lichtarmen Monaten fiel es Bruno Jahr um Jahr schwerer, die Tagesroutine als Erfüllung zu empfinden. Vielleicht trugen die Lehrer am Gymnasium ihren Teil dazu bei? Nach fünf Jahren musste Bruno das Gymnasium wieder verlassen. Seine Leistungen reichten nicht mehr aus.

Das ist kein Beinbruch, so meinten seine Eltern, ein guter Realschulabschluss tut es auch! Es ging ihm ein wenig, wie des Fischers Frau: Peng saß er wieder vor dem Wolf und peng, quetschte der ihm wieder sein Heft mit dem Schenkel, während der dicke Wurstfinger auf den Part der Textaufgabe piekte, den Bruno nicht verstanden hatte.

Mit einem hämischen Grinsen sagte der Wolf:

„Haben sie dir auf der hohen Schule das Lesen nicht beigebracht? Du musst den Text nicht nur *lesen*, du musst ich auch *verstehen*! Lies diese Stelle bitte noch einmal *laut* vor!“

Bruno folgte dem Finger und las:

„Wie lang ist der längste Faden, den eine Spinne ge…“

Jetzt verdeckte der Finger des Lehrers den Text. Bruno starrte auf den nicht ganz sauberen Fingernagel, dann ließ er den Blick den Arm des Lehrers entlang nach oben wandern. Die Augen des Wolfs starrten ihn an, als wäre er ein seltenes Insekt. Bruno sagte kein Wort, bis der Mathelehrer den Finger langsam vom Heft hob und ihm vor die Nase hielt. Brunos Augen fixierten den kleinen schwarzen Halbmond des Fingernagels, der nun vor seinen Augen verschwamm. Er überlegte kurz, ob er seinen Lehrer beißen könnte, verwarf den Gedanken aber wieder, obwohl die Gelegenheit zweifellos günstig war. Also senkte er den Blick und las weiter:

„…geradlinig im nebenstehenden Holzhäuschen - Maße in Metern - spannen könnte?"

Das erwähnte nebenstehende Holzhäuschen verschwand unter dem Lehrerschenkel. Nur eine Seitenwand schaute hervor und der Dachansatz. Bruno versuchte, das Heft unter dem Bein hervor zu ziehen. Er sah, wie sich der Muskel des Lehrers anspannte. Bruno begann zu zittern. Seltsamerweise bekam er eine Erektion. Hielt der Drecksack tatsächlich dagegen? Seine Hand griff sich den Bleistift – packte ihn …

Was danach kam, verschwand in einem kleinen Zeitloch, einer Inhomogenität seines Denkens, weiß der Teufel wohin. Jedenfalls umklammerte Brunos Hand immer noch den Stift, aber der Lehrer stand wieder vor der Klasse und setzte den Unterricht fort, als ob nichts gewesen wäre.

Sein Banknachbar Gerd schob ihm einen Zettel zu. Bruno legte den Stift vorsichtig neben dem

Heft ab bevor er den Zettel auseinanderfaltete. Er las:

‚Neune am Friedhof – Kommen Pflicht'

Fragend schaute er seinen Banknachbarn an. Dessen Gesicht verzog sich zu einem breiten Grinsen und er sagte leise:

„Es geht um den da!"

Gerds dünner langer Finger zeigte in die Richtung des Lehrerpultes.

Die Tage wurden nun schnell wieder kürzer. Um Neun schlenderte Bruno die Dorfstraße entlang, bis er an den Abzweig zum Friedhof kam. Die Straßenlaternen warfen nur einen spärlichen Schein auf den unbefestigten Weg und der Eingang zum Friedhof selbst schien wie ein schwarzes Loch. Eine Katze raschelte durch das Laub – fast stofflich packte Bruno das Grauen.

Und wieder spürte der Junge, wie sich sein Glied versteifte. Nach wenigen eiligen Schritten erreichte er die Friedhofspforte, in deren Schatten er Gerd ausmachte, der sich lässig gegen die Feldsteine des Torpfostens lehnte. Der Anblick seines Banknachbarn wirkte auf seinen Pimmel wie eine kalte Dusche. Unter Absonderung eines winzigen Tröpfchens schrumpfte der fast schlagartig wieder zur gewohnten Tagesbetriebsgröße,

etwa in das Volumen und die Form eines Elefan-
tenpopels. Sie wissen, das sind die kleinen, aus
Mais und Erdnüssen gepoppten Knabbereien, die
an langen Abenden gedankenverloren in deutschen Wohnzimmern zu Film, Bier oder Fanta
gemümmelt werden.

Gerd jedenfalls zog den Neuankömmling ebenfalls in den Schatten des Pfostens. Dann zeigte er
auf ein schwach leuchtendes Fenster des Hauses
auf dem angrenzenden Grundstück. Er fragte:

„Weißt du wer da wohnt?"

Bruno versuchte sich zu orientieren. Neben dem
Friedhof standen mehrere reetgedeckte, ebenerdi-
ge Häuser. Ja, wer wohnte hier? Das waren lauter
Alteingesessene, die ihre großen Häuser teilweise
untervermieten. Ganz vorn an der Straße, gut im
Licht der Straßenlaterne erkennbar, war ein
Schild für eine Praxis für Physiotherapie. Da ging
seine Mutter manchmal hin, wenn es mit dem
Rücken zu schlimm wurde. Aber sonst? Er zuckte
die Schultern.

„Keine Ahnung!"

Gerd kicherte. Inzwischen hatten sich Brunos
Augen an das Dunkel gewöhnt, so dass Bruno
sehen konnte, wie sein Kumpel auf das besagte
Fenster zeigte.

„Dort, kleiner Bruno, dort knallt dein Mathelehrer gerade seine Alte!"

Bruno klappte die Kinnlade herunter. Dort also wohnte der Wolf? Und die Frau vom Lehrer? Kannte er die überhaupt? Er hatte keine Zeit, die Situation weiter zu durchdenken, denn Gerd bückte sich plötzlich und zog ihn über den Sandweg hinweg in den Schatten der Sträucher auf das gegenüberliegende Grundstück.

Gerd hob den gestreckten Zeigefinger an die Lippen. Tief gebückt schlichen die beiden Jungen bis unter das geöffnete Schlafzimmerfenster des Lehrers. Im Licht der Nachttischlampen konnten sie sehen, wie sich Wolf gerade auszog. Bruno stand nun links vom Fenster, Gerd rechts. Vorsichtig linsten sie in das Zimmer, bis die Frau des Lehrers in einem Bademantel hereinkam. Klar, die kannte Bruno! Oft genug hatte er sie im Einkaufszentrum gesehen. Chic und unnahbar zog sie dort ihre Bahnen. Gerd zeigte ihm den gehobenen Daumen!

Nachdem die Frau ihre Brille auf dem Nachttisch abgelegt hatte, der Wolf hatte sich nackt auf das Bett gelegt, zog sie sich den Bademantel aus und warf ihn auf eine Kommode. Die Rüstung darunter war sehenswert! Lauter glänzendes, rotes Zeug. Oder war das Gummi?

Der Wolf glotzte nur. Brunos Hose begann sich wieder zu spannen. Die Lehrersfrau fummelte an ihrer Korsage, etwas löste sich an ihrem Oberteil und ihre Brüste sprangen aus dem knallengen Gummi. Dann bückte sie sich.

Ihr Hintern, prall in rotem Gummi, sprengte fast das Material, die Brüste baumelten im Licht der Lampe! Bruno bekam einen trockenen Mund. Er blickte kurz auf die andere Fensterseite. Gerd starrte konzentriert in das Zimmer, sein Gesicht glänzte warm im schwachen Schein.

Frau Schmidts Hand tauchte aus den Tiefen der Schublade wieder auf, etwas glitzerte. Brav streckte ihr der Mathelehrer die Hände entgegen. Ruck zuck kettete sie einen Arm des Wolfes am oberen Bettgestell an. Noch drei Mal griff sie in die Schublade. Dann war der Lehrer fixiert. Sein Schwanz stand bereits wie eine Eins. Wieder griff die Frau in ihren Nachtschrank. Diesmal kippte sie ein wenig Öl auf den Unterbauch ihres Gatten, um die Schmiere dann mit einer völlig zerfaserten Peitsche zu verteilen. Als sie das erste Mal zuschlug, konnte Bruno nicht mehr an sich halten. Er drückte seinen Unterleib an die Hauswand, schupperte ein wenig, bis ihn das ersehnte Niesen erlöste. Untenrum!

Die Frau widmete sich dem Glied ihres Mannes inzwischen recht intensiv, sie schlug und streichelte abwechselnd, pustete gelegentlich mit gespitztem Mund, bis die Knie ihres Gatten zuckten. Dann griff sie sich zwischen die Beine und öffnete eine Klappe. Als hätte sie etwas vergessen, hob sie den Kopf und schaute in die Richtung des Fensters. Die Köpfe der Jungen zuckten zurück. Mit einem Krachen sauste das Rollo herunter. Bruno und Gerd standen im Dunkeln.

Brunos späteres Liebesleben litt lange Zeit unter dem Erlebnis dieser Nacht. Erst nach Jahren und etlichen Paartherapien gelang es ihm, seine Obsession zu erkennen und zu benennen. Im Ergebnis wollte er sich zum Zuchtmeister qualifizieren. Gott sei Dank gibt es in Deutschland eine gehörige Gemeinschaft Gleichgesinnter, die ihre Partner fesseln, knebeln, erniedrigen, zwicken, auspeitschen und, wenn dann die Organe so richtig heiß gelaufen sind, zu gewaltigen Orgasmen aufbrechen.

Damit diese Spiele nicht aus dem Ruder laufen, gibt es, wie bei jedem Spezialgebiet, Schulungen, Workshops, Seminare, Wochenendkurse und, natürlich Messen, um an das erforderliche Spezialwissen und die Spezialwerkzeuge heranzukommen.

Natürlich gibt es auch eine Kultur, die sich den Adepten dieser Kunst widmet und manchmal dringen Filme, die sich mit dem Thema Gewalt und Sexualität beschäftigen, bis weit in die alltägliche Bürgerwelt vor. Mit Staunen und ein wenig Neid sehen die Normalbürger dann, wie damals Bruno, zu, wie sich andere Menschen mit maßvoller Gewalt in Ekstase bringen. Dabei wäre es doch so einfach, die Nummer von Bruno zu suchen und zu wählen. Denn der ist inzwischen Bachelor of Arts, anerkannter Zuchtmeister! Nur noch einige Wochen und er erreicht den Mastergrad. Aber dann! Rufen Sie ihn einfach an, denn Bruno Darf Sie Malträtieren!

Kita

Obwohl die Landesregierung uns kostenlose Kinderbetreuung verordnet hat, ist der Erhalt von Kindertagesstättenplätzen ein echtes Problem. Es gibt einfach viel zu wenige.

In einem Betrieb unserer Stadt haben einige Frauen eine Lösung gefunden, die eigenwillig und außerordentlich interessant ist und von der ich Ihnen unbedingt erzählen will. Bei oberflächlicher Betrachtung werden Sie vielleicht den Kopf schütteln und meinen, dass diese Lösung ja tatsächlich nur ein sehr, sehr spezieller Fall sein kann. Ich denke aber, mit ein wenig Großherzigkeit ließe sich daraus ein Konzept ableiten, welches vielen Müttern das Problem ein für alle Mal vom Halse schaffen könnte. Lassen Sie mich also ganz von vorn beginnen.

Irgendwie lässt sich die Geschichte nicht von der Geschichte der Firma trennen, in der die Menschen, von denen ich berichten will, arbeiten. Es handelt sich um ein Unternehmen in kommunaler

Hand und man mag meinen, dass bei einiger Beachtung der Interessen der dort Beschäftigten, das Problem hätte gar nicht erst entstehen dürfen. Tatsächlich gab es einige Überlegungen, einen betrieblichen Kindergarten einzurichten. Nun passte die Planung der jüngeren Mitarbeiter aber nicht zu denen der Firmenleitung und zu der Zeit, als der betriebliche Kindergarten in die erste Planungsphase kam, kamen einfach nicht genügend Kinder zusammen, um eine solche Einrichtung aus Sicht der Chefs wirtschaftlich betreiben zu können.

Wie es der Teufel so will, einige Jahre später kamen die städtischen Oberen auf die Idee, einen Teil des Unternehmens gewinnbringend zu veräußern. Solche Wirtschaftlichkeitsbetrachtungen blieben nicht nur auf unsere Region beschränkt, nein, in ganz Deutschland sorgte eine regelrechte Privatisierungswelle dafür, dass ein Großteil des kommunalen Vermögens in private Hände überging.

Solche Aktivitäten wiederholen sich zyklisch und ebenso, wie man sicher sein kann, dass Fürsprecher der Privatisierung zu Wort kommen, folgen einige Zeit später die Rufe verantwortungsbewusster Rückkäufer.

Die Folgen dieser Prozesse werden durch Erfüllungsgehilfen schmackhaft gemacht und so lange wiederholt, bis auch der letzte Beteiligte vom Sinn dieser Aktivitäten überzeugt ist.

In der Regel befinden sich in jeder funktionierenden Hierarchie einige Systemsprenger, die mit Energie daran arbeiten, ihre Karriere in den Dienst derjenigen zu stellen, die die letzte herbeibeschworene Sau durch das Dorf treiben.

In unserem Falle kam der Vertriebsleiter auf die Idee, einer Abrechnungsgesellschaft vorstehen zu wollen, die gleichzeitig auch die Buchhaltung als Dienstleistung für alle kommunalen Betriebe der Region anbieten sollte.

Irgendwie passten seine Vorstellungen sehr gut mit der erwähnten zyklischen Bewegung zusammen. Die Gemeindevertretung nahm den Gedanken auf, ein Beratungsunternehmen testierte die Sinnhaftigkeit der Schaffung von Synergien und ein Businessplan wurde aufgestellt.

Die Angestellten der Firma beobachteten mit Interesse und Sorge, wie sich die ehemaligen Pläne zur Ausgestaltung des Betriebskindergartens in Luft auflösten. Insbesondere in den Großraumbüros des Kundenbüros und der Buchhaltung, in dem einige Dutzend junger Frauen und Männer die anspruchsvollen Aufgaben erfüllten, wurden die Möglichkeiten, die betriebliche Entwicklung mit der der Familie in Einklang zu bringen, sehr kritisch beobachtet.

Martin Treiber hatte rein zufällig einen Familiennamen, der ganz gut beschrieb, was er meinte, am besten zu können: Leute antreiben!

Tatsächlich war er darin weder besser noch schlechter als jeder andere, seine Ansicht wurde allein dadurch bestärkt, dass er in seiner Position als Vertriebsleiter mit Arbeitsmodellen konfrontiert wurde, die von der Penetration des Marktes handelten. Die Geschäftsführung verlangte von ihm ständig steigende Umsätze und so sah er sich gezwungen, diese zu liefern.

Nach einigen Jahren, in welchen es Martin hervorragend gelang, seiner Aufgabe gerecht zu werden, entwickelte sich der zunächst recht kooperative und umgängliche Mann zu einer rechten Nervensäge.

Natürlich blieb seiner Ehefrau Elena die Wesensänderung nicht verborgen: Einen solchen Vorturner, wie ihren Martin, hatte sie sich bei ihrer Hochzeit vor einem knappen Jahrzehnt nicht gewünscht und, wie gesagt, damals war Martin auch weit davon entfernt, ein Antreiber zu sein.

Martin war dabei, einen gehörigen Kontrollwahn zu entwickeln, als ihn die neue Aufgabe zur Ausgliederung der Abrechnungs- und Dienstleistungsgesellschaft vor völlig neue Herausforderungen stellte.

Martin ging mit Feuereifer an die Sache und Elena beobachtete mit Staunen, wie ihr Mann abging, wie eine Rakete. Am Anfang fand sie die avisierte Gehaltssteigerung noch als Entschädigung für den verlorengegangenen Mann. Nur wenig später wurde ihr klar, dass sich der liebende Mann, der sich für ihre Angelegenheiten interessierte, zu einem Manager gewandelt hatte, dem die vermeintlichen Interessen der Firma über alles gingen.

Dummerweise blieb Elenas Kinderwunsch unerfüllt und als sie mitbekam, dass sie ihren Mann nicht mehr interessierte, machte Elena ebenfalls die Schotten dicht. Ihre sexuellen Aktivitäten, die zu Beginn der Ehe ein recht erfreuliches Ausmaß angenommen hatten, litten nach einigen Jahren unter den stetigen Bemühungen, den Eisprung nicht zu verpassen.

Martin beklagte sich anhaltend und lautstark, als sie verlangte, dass er, statt anlässlich einer Aufsichtsratsberatung über die ständig steigenden

Produktchancen zu referieren, ihren Eisprung zu bedienen. Schließlich sei er kein Zuchtbulle.

Elena jedenfalls mutierte in der Folge zur Gattin. Wenn es opportun war, schleppte Martin sie mit ins Theater und wenn der Geschäftsführer es verlangte, wohnte sie diversen Firmenevents bei. Sie war es leid.

Mit Feuereifer verkündete Martin ihr nun als Ausweg aus dem Dilemma zwischen seinen betrieblichen Verpflichtungen und unerfülltem Familienleben die Möglichkeit, dieses Spannungsfeld selbst dominieren zu können. Und zwar als Geschäftsführer der neuen Abrechnungsgesellschaft. Halbherzig glaubte sie seinen Beteuerungen, nun sollte alles besser werden. Tatsächlich jedoch bekam sie ihren Mann nun bei Tageslicht überhaupt nicht mehr zu sehen. Sein Aktivitätenradius schien am Tor des Firmengeländes zu enden.

Und wie sah es dort aus? Fünfundzwanzig hoffnungsvolle Angestellte folgten der Aufforderung, ihre Arbeitsverträge in die neue Firma überzuleiten. Die Drohung, dass sie ansonsten ihren Arbeitsplatz ganz verlieren würden, stand unausgesprochen im Raum, denn sie erhielten Änderungskündigungen.

In den angemieteten neuen Büros konnte der neue Geschäftsführer Martin Treiber hervorragend die neuen Strukturgedanken umsetzen: Seiner Ansicht nach sollten Buchhaltung und Abrechnung strikt getrennt voneinander agieren.

Seine Idee war, die buchhalterischen Vorgänge aus erster Hand unter Kontrolle zu nehmen. Wer künftig zu ihm wollte, musste zunächst die Buchhaltung passieren. Die Buchhaltung aber waren Kerstin, Inga, Pia und die freche Paula.

Was Martin nicht wusste, nicht wissen konnte, war, dass er in ein Problemfeld hineinrutschte, welches dem seiner ehelichen Beziehung nicht völlig unähnlich war, denn alle Frauen der Buchhaltung befanden sich in der Planungsphase. Sie alle hatten Wünsche, was ihre Familienentwicklung angeht. Jede von ihnen wollte ein Kind.

Ich nehme an, die Frauen stimmten sich ab und ich nehme weiter an, dass diese Abstimmung nicht ganz konfliktfrei abging.

Martin jedenfalls ackerte wie ein Pferd. Die Frauen sahen, wie er sich aufrieb. Seinen Schlagworten, die ein wenig denen der Farm der Tiere entsprachen, mochten sie nicht folgen. Für sie blieb das eigene Leben, blieben die eigenen Familien

Lebensschwerpunkt. Martin planten sie wohl nur in einem Punkt ein, dem zur Unterhaltspflicht.

Es dauerte kein halbes Jahr, dann hatte Martin alle vier Vorzimmerdamen geschwängert. Benutzten sie seine abendliche Einsamkeit als wirksamen Angriffspunkt oder seine, dem Größenwahn ähnlichen Entwicklungsgedanken die Firma betreffend? Waren sie seine Musen oder seine Verführerinnen? Es wird ihr ewiges Geheimnis bleiben.

Kündigungsschutz ist eine schöne Sache und Mutterschutz gehört dazu. Die freche Paula hatte die Idee, Arbeit und Kinderbetreuung zu verbinden.

Es wäre doch auf jeden Fall viel, viel besser, wenn die Buchhaltung mit dem vorhandenen Personal weiterliefe, wenn die Ausfallzeiten minimiert und die Notwendigkeit Ersatzpersonal einzustellen quasi entfiele? Das wäre doch effizient, oder? Der Geschäftsführer mochte sich nicht gegen diese Idee stellen und so wurde er ganz nebenher zum Leiter eines Beispielunternehmens für die Work-Life-Balance!

Elena war anfangs sauer, das können Sie sich vorstellen. Das erste Kind, welches ihr Mann ihr mit Kerstin zumutete, war am schlimmsten. Sie überlegte, sich von ihm zu trennen. Als ihr nur kurze Zeit später die Vaterschaft für das nächste Kind angekündigt wurde, sah sie sich das Vorzimmer ihres Mannes an. Vier leuchtende Gesichter sahen ihr entgegen, als sie die Tür öffnete. Sie konnte zwei und zwei zusammenzählen und letztlich war Elena froh, dass Martins Wirkungskreis in dieser Beziehung an der Vorzimmertür endete. Es mag schon fast märchenhaft klingen, aber als sich später bei der Betreuung der Krabbelgruppe ein Engpass auftat, sprang Elena ein. Und Martin? Na, der sagt zu allem ja und amen. Was anderes bleibt ihm wohl nicht mehr übrig. Auf jeden Fall muss er nun viele Jahre sehr fleißig arbeiten. Ich drücke ihm die Daumen.

Sigurd

Was sagen Sie, Ihre Frau macht Ihnen die Hölle heiß? Es hilft Ihnen nicht, an die schönen gemeinsamen Stunden zu denken? Ich kann Sie trösten, denn Ihre Gattin ist wahrscheinlich ein lieblicher Wind, ein milder Regen, ein erfrischender kleiner Frost, gegen Sigurd. Dabei kenne ich Sigurd nur wirklich sehr, sehr oberflächlich und ich muss sagen, das reicht vollkommen aus, um für jeden Kilometer, den ich zwischen uns weiß dankbar zu sein. Dabei hätte ich ihrem Mann, ich glaube, er hieß Bjärne, aber ganz sicher bin ich mir nicht, dafür war der Abstand zwischen unseren beiden Lagerstätten nun doch nicht klein genug, jederzeit dabei geholfen, dieses garstige Wesen aus der Welt zu schaffen.
Wir wohnten einige Wochen quasi Wand an Wand, wobei auf einem Campingplatz die Wände eben nur aus Stoff und inzwischen mehr und mehr aus den Blechplatten der Wohnmobile bestehen. Ich habe nicht jedes Wort verstanden,

welches Sigurd und - bleiben wir ruhig dabei -, Bjärne wechselten. Dabei trug Sigurds Organ doch recht gut. Sie fiel mir schon kurz nach ihrer Ankunft auf. Sie kennen das Gebaren auf den Zeltplätzen? Nein? Neuankömmlinge sind dort immer willkommene Unterhaltung. Liegestühle werden aufgestellt, ein kühles Bier wird geöffnet, frisch gebrühter Kaffee kommt auf den Tisch, die Zeitung wird aufgeschlagen, aber immer noch so, dass ein gelegentlicher Blick über den Zeitungsrand den Informationsfluss über die Neuankömmlinge aufrecht erhalten kann.

Dann kann es losgehen. Sigurd lenkte also ihren VW-Bus an unserer Liegenschaft auf Zeit vorbei und stellte das Fahrzeug so etwa zehn Meter von uns entfernt zwischen die Kiefern. Uns trennte ein kleiner natürlicher Hang und ich sagte noch zu meiner Frau, dass sie dort unten in der Kuhle bestimmt keinen Fernsehempfang haben würden. Später zeigte sich, dass das ja wohl noch ihr geringstes Problem war. Sigurd parkte die Kiste also ein, Bjärne machte den Einweiser.

Bis der Inhaber des Zeltplatzes kam, um die neuen Camper mit einem Stromanschluss zu versehen, hatten wir unsere Kaffeetafel aufgebaut, um zu beobachten, ob wir eventuell Hilfe leisten könnten. Denn Camper sind sehr hilfsbereite Menschen. So herausgerissen aus dem täglichen Leben, stellt sich automatisch eine außergewöhnliche Tendenz zu sozialem und demokratischem Verhalten ein. Nirgends finden Sie verständnisvollere und tolerantere Nachbarn als auf Campingplätzen. Es sein denn, sie haben Jugendliche als Nachbarn, die die ganze Nacht nur feiern und später dann auch noch pimpern… . Aber das ist eine andere Geschichte.

Bjärne also kam mit dem Kabelende angewackelt und wir freuten uns darauf, die kleinen Streitigkeiten und Besserwissereien zu erleben, die alte Ehepaare beim Aufbau ihrer mobilen Residenzen so an den Tag legen. Aber Pustekuchen. Sigurd klopfte ihrem Bjärne nur kurz auf den Rücken, setzte sich eine Baseballkappe mit Nackenschutz gegen die Sonne auf den Kopf und verschwand in Richtung Tränke. Ja, ich fragte Bjärne, ob ich etwas helfen könnte, aber der winkte nur ab. Ein schlanker, sportlicher Typ war er, das Fahrzeugkennzeichen wies Familie Bjärne als echte Preußen aus. Sie kamen aus P, wie Potsdam!

Da saß Sigurd schon mit schönem Blick auf den See in den Rattansesseln, ein kühles Bierchen vor sich und sah ihrerseits zu, wie sich die Leute beim Baden anstellten, denn das Seewasser war doch schon einigermaßen frisch. Sigurd hatte die Figur einer Ringerin und lief mit angewinkelten Armen, als müsste sie jederzeit einen Angriff durch kräftiges Zupacken abwehren können. So ganz aus der Nähe habe ich sie nie gesehen, aber ich denke mir, ihr Hormonhaushalt sollte doch gelegentlich durch die Zugabe einiger Östrogene wieder in das Maß gerückt werden, welches übermäßigen Bartwuchs unterdrücken könnte.

Bjärne baute also in Sigurds Abwesenheit das Vorzelt an den Bus und für uns gab es keinerlei liebevolle Frotzeleien oder gar Kabbeleien zu erleben. Wir konnten unsere Kaffeetafel wieder abräumen; das erwartete Spektakel fiel aus.

Erst spät am Abend hörte ich Worte harscher Kritik, die in unseren Wohnwagen drangen. Sigurd beschwerte sich über die geleistete Arbeit ihres Ehemannes. Sie mistete ihn nach Strich und Faden ab. Als Bjärne mit eingezogenem Kopf ihr luftiges Domizil verließ, um sich der abendlichen Hygiene zu widmen, brüllte sie ihm ein sonores BLÖDMANN hinterher. Ich weiß nicht, wie es den anderen Anliegern erging, aber meine Frau und ich waren peinlich berührt. Wir schämten uns für sie.

Nette Nachbarn sind ein Segen – das gilt nicht nur auf dem Campingplatz. Und schlechte? Na, denen geht man aus dem Weg, oder? Wir haben uns den Urlaub jedenfalls nicht versauen lassen.

Nebenan ging Sigurds Terror in eine Art Routine über: sie teilte ihrem stillen Gatten die täglichen Aufgaben zu und Bjärne erledigte sie klaglos. Das machen sicherlich tausende subalterner Kerle in ganz Deutschland - und eben auch auf den Campingplätzen - ebenso, mich eingeschlossen.

Bloß werden die armen Dussel von der Befehlshaberin nach Ausübung des Dienstes gelobt, wenn die Dienstleistung zu deren Zufriedenheit ausgeführt wurde.

Genau das aber war bei Bjärne nicht der Fall. Er konnte tun was er wollte. Es gab Mecker! Allerdings schien ihm das ständige Genöle seiner Alten nichts auszumachen! Der Mann fühlte sich in seiner Position als Familienarschloch offenbar gar nicht mal so schlecht. Die Rollen waren so eindeutig verteilt, dass es nicht nur keinerlei Rangstreitigkeiten geben konnte: Sigurd befahl, Bjärne gehorchte. Es gehörte weiter anscheinend zur Familienkultur, dass die Anstrengungen des Untergebenen niemals den Ansprüchen der Befehlenden genügen konnten. Tja, und das klang des Öfteren ziemlich scheußlich.

Ich will nicht behaupten, dass es bei uns wie im Himmelreich zugeht. Aber so etwas… ! Da geht jedem sich naturgemäß geknechtet fühlenden Normalbürger das Messer in der Hosentasche auf!

So verging eine Woche, dann war Sigurd plötzlich verschwunden. Süffisant teilte ich meiner Frau mit, dass Sigurd nun bestimmt auf dem Grunde des Sees ruhe, mit einem ordentlichen Stein als Beilager!

Bjärne murkste den ganzen Tag ungerührt allein weiter an seinem Camper umher. Am Abend wollte ich ihn schon zur Rede stellen, als er plötzlich den Hang, der uns trennte, heraufgeklettert kam und fragte, was wir von unseren elektrounterstützten Fahrrädern hielten. Er würde ein solches Modell gern seiner Frau kaufen.

Na, in dem Moment kam Sigurd von einer ausgedehnteren Radtour zurück. Sie nickte uns knapp zu. Bjärne sauste den kleinen Abhang wieder hinunter. Wir hörten noch, wie er ihr die Vorteile unserer Pedelecs beschrieb, dann folgte nach der Feststellung, dass er wieder nur MIST gequatscht habe, eine längere Zeit Stille.

Vielleicht braucht doch nicht die Frau Östrogene, sondern der Mann Testosteron? Aber was weiß ich schon, vielleicht waren beide uneingeschränkt glücklich, im Hafen ihrer militärisch eingefärbten Ehe?

Wie auch immer, wir hatten aus unserer Sicht schon sehr viel nettere Nachbarn.

Und Sie, glauben Sie mir jetzt, dass Sie es sehr viel schlechter hätten treffen können?

Übrigens, lassen Sie uns das Thema besser wechseln, oder mag es Ihre Frau, wenn Sie anderen Männern ihr Herz ausschütten? Mir scheint nämlich, die Frau, die da suchenden Blickes durch die Tischreihen schreitet, könnte Ihre Gattin sein.

Sie ist es? Na, dann werden wir ja gleich hören, was sie von Ihrem Kneipenbesuch heute Abend hält... .

Die zehn Gebote

„Kennen Sie die zehn Gebote?"
Der Reporter hielt das Mikrofon einer verdutzten jungen Mutter, die den Kinderwagen mit dem munter winkenden Kleinkind ein wenig zur Seite schob, unter die Nase. Die Frau nickte, um etwas Zeit zu gewinnen.
„Du sollst nicht stehlen?"
Der Reporter nickte und wippte mit dem Mikrofon zustimmend auf und ab.
Ihr Blick glitt in die Ferne.
„… die Eltern achten?"
Es war zu spüren und die Zuschauer konnten mit ihr leiden: Ihr Religionsunterricht lag schon sehr lange zurück. Dann hellte sich ihre Miene auf.
„Du sollst nicht die Ehe brechen!"
Sie blickte auf die Uhr. Es war nichts zu machen – mehr wurden es nicht.
Der Journalist fand in der Sendung natürlich noch Passanten, die sich ganz wacker schlugen. Einer der Befragten kannte sogar die Reihenfolge.

Wertegemeinschaft! Unsere Staatschefin (genannt Die Mutti) beschwor sie gleich in der nächsten Nachrichtensendung nicht nur für uns, sondern gleich für alle Europäer! Abendländische Werte? Na, ich dachte mir, die zehn Gebote gehören doch ganz sicher dazu. Es könnte also nichts schaden, wenn ich sie drauf hätte. Wäre ja peinlich, wenn ich nicht mal den Test für die Neubürger bestehen könnte.

Und genau das wäre wohl in meinem derzeitigen Schulungszustand der Fall. Sicherlich, den Führerschein müsste ich ebenfalls abgeben, wenn ich nach den hunderten Geboten des Verkehrsrechtes gefragt werden würde. Auch da könnte ich nicht glänzen. Aber zu den abendländisch Kulturtreibenden, da würde ich doch sehr gern dazu gehören. Es würde mich auch sehr viel mehr verletzen, wenn ich plötzlich aus meiner Heimat ausgewiesen werden würde, bloß weil ich die zehn Gebote nicht kenne, als wenn man mir den Führerschein entzöge.

Ich suchte mir also die zehn Gebote heraus und beschloss, sie vom Ende her, denn bestimmt stünden die wichtigen Gebote am Beginn der Weisung, für mich zu prüfen. Ja, ich wollte die beschworene Gemeinschaft, an der sich Christen und unsere Neubürger messen lassen müssen, nachträglich für mich herstellen.

Hier ist es also, das zehnte Gebot:

Du sollst nicht begehren deines Nächsten Weib, Knecht, Magd, Vieh noch alles, was dein Nächster hat.

Ach ja, das würde mir leicht fallen! Meines Nächsten Weib ist eine sogenannte Kneifzange. Auf die kann ich gern verzichten! Knecht, Magd und Vieh hat er nicht.

Wie wir alle wissen, ist es eine Weile her, dass uns der Chef hier Weisung erteilt hat, oder? Den Ansprüchen des Allgemeinen Gleichbehandlungsgesetzes jedenfalls genügt schon mal die Reihenfolge von Knecht als Mann und Magd als Frau nicht und die Diversen fehlen ganz und gar. Auch die direkte Nähe von Magd und Vieh wäre zu kritisieren! Der Chef konnte jedoch damals noch nicht wissen, dass mal seine ganze schöne Mann und Frau Hierarchie den Bach hinuntergeht.

Ich habe munkeln hören, dass zunächst tatsächlich Lilith und Adam als erstes Menschenpaar unseren lieben Planeten, damals noch paradiesisch, beziehen durften. Um Lilith wurde es schnell still – da muss etwas schief gegangen sein. Jedenfalls hat der Schöpfer nachgebessert und die nächste Frau aus männlichem Material, nämlich aus Adams Rippe gemacht. Sicher ist sicher, wird er sich gesagt haben.

Die ersten Menschen plagten sich, wie wir wissen, nicht groß mit Eigentum herum. Aber sie hielten zusammen. Bis eben das letzte der Gebote fällig wurde: Du sollst mal gleich überhaupt nichts begehren, von dem, was dein Nächster hat! Man kann sich leicht ein Bild davon machen, was bis dahin alles schief gegangen sein muss.

Kaum hatte mal einer etwas, wollte sein Nächster das auch haben! Das geht natürlich nicht!

Obwohl, inzwischen findet in dieser Beziehung ein Umdenken statt. Die Hippies fingen damit an, ihre Bettgefährten gemeinsam zu benutzen und auch von den Eigentumsverpflichtungen des Grundgesetzes entfernten sie sich so weit, wie es möglich war. Sie sind, wie Lilith, still und leise von der Bildfläche verschwunden. Dafür gibt es seit kurzem Carsharing.

Lassen Sie uns auf das neunte Gebot schielen:

Du sollst nicht begehren deines Nächsten Haus.

Häh? Das hatten wir doch gerade. Aber lassen Sie mich trotzdem nachdenken: Unser Haus ist doppelt so groß wie das unseres Nächsten. Dafür sind wir ein paar Bewohner mehr. Wenn es also sein soll, geht das klar mit dem neunten Gebot.

Und das achte? Du sollst nicht falsch Zeugnis reden wider deinen Nächsten.

Ich habe es geahnt! Nun kommt es ganz dick! Wie soll das denn gehen? Soll uns allen der Mund verboten werden? Die ganze Meinungsfreiheit dahin, bloß weil wir uns an die Wahrheit halten müssen? Sagt Ihnen der Begriff Fake News etwas? Oder Alternative Fakten? Sie mögen es glauben oder nicht, den Begriff Lügenpresse habe ich im vergangenen Sommer in einem Buch gelesen, welches der Führer der Deutschen auf diese vor der Errichtung seines Reiches los gelassen hat. Und in diesem Sommer ging es munter weiter, bloß diesmal vom obersten Heerführer der Freien Welt. Vielleicht, weil sich dieser ganz stark selbst für den Herrgott hält und damit natürlich auch das Sagen hat, was man so von seinen Nächsten zu halten hat?

Oh oh, das achte Gebot und entweder der oder ich, aber das Maul verbieten lass' ich mir doch nicht! Sie vielleicht? Lassen Sie uns lieber schnell das siebte Gebot anschauen:

Du sollst nicht stehlen!

Irgendwie hätte ich doch nicht von hinten beginnen sollen. Wenn ich nicht begehre, dann stehle ich doch nicht! Weib und Knecht, Magd und Vieh, alles andere nicht und schon ganz bestimmt nicht das Haus… . Einverstanden, die Regel befolge ich gern!

Und das sechste Gebot? Du sollst nicht ehebrechen?

Mir brauchen Sie nichts zu erzählen. Wir wohnen an einem Waldweg nahe einer mittelgroßen Stadt. Wenn alle, die dort ein schnelles Nümmerchen schieben, ledig sind, fresse ich die Schranke, die der Förster dort aufgestellt hat, damit nicht mehr als fünf Paare gleichzeitig gegen das sechste Gebot verstoßen. Aber von mir aus. Ich werde mich daran halten. Ich gehe auf die Siebzig zu und im kalten Auto… - das ist mir einfach zuwider!

Ja, und nun kommen wir wahrscheinlich zu den grundlegenden Dingen des Lebens. Das fünfte Gebot nämlich verbietet uns das Töten.

Und das uneingeschränkt. Das gibt mir schwer zu denken. Heute früh habe ich eine riesige Fruchtfliegenpopulation mit einer Sprayflasche über den Jordan gejagt. Das war also verboten? Nein, das sind ja Gebote, denn es ginge ja tatsächlich nicht an, beispielsweise einigen armen Teufeln die

Aufgabe zuzuordnen, für uns die Schweine totzuschlagen, damit wir guten Gewissens unsere täglich Brot belegt mit unserer täglichen Wurst essen können. Diesen armen Erfüllungsgehilfen unserer Essgewohnheiten ginge dann dafür das Himmelreich flöten? Das will ich nicht. Da interpretiere ich das Gebot um: Du sollst nicht töten, wenn es nicht auch anders geht!

Hach, nun geht das im vierten Gebot gleich so weiter, denn wir sollen Vater und Mutter ehren. Wo ich doch weiß, dass das die Muslime bestimmt fünfmal besser tun als wir. Wir schieben die Alten in Massen in Wohnheime ab, damit wir ungestört zur Arbeit rennen können!

Was sagt uns das dritte Gebot? Den Feiertag heiligen? Jaja, ich weiß schon was damit gemeint ist! Mit dem heiligen ist der aktive Kirchgang gemeint. Kunststück, wenn die Kirchen geschlossen sind. Na gut, als sie offen waren, bin ich auch nicht hingegangen. Und arbeiten am Feiertag, das geht auch nicht? Da hätte mein Arbeitgeber mir aber die Hammelbeine lang gezogen.

So, da wären wir bei den beiden wichtigsten Geboten gelandet, zunächst dem zweiten: Du sollst den Namen des Herrn nicht missbrauchen und schließlich der Befehl des Herrn selbst: Ich bin der Herr, dein Gott. Du sollst keine Götter haben neben mir.

Das ist für mich kein Problem, denn weil ich bisher keinen Herrn hatte, kann er gern so tun, als sei er das jetzt. Und ob da der zertrampelte Thor unter seinem Stiefel hervorlugt, kümmert mich ebenfalls nicht. An den habe ich auch schon nicht geglaubt.

Ich hoffe! Ich hoffe, dass ich weiter an der Wertegemeinschaft teilhaben darf, denn ganz sicher bin ich mir nun nicht mehr.

Biber

Gleich vorab möchte ich bemerken, dass die folgende Geschichte keine Moral und keinen Konflikt im herkömmlichen literarischen Sinne hat. Sie weist damit logischerweise auch keine Charaktere auf, die sich in die Wolle kriegen. Vielleicht ist sie dadurch einfach ein wenig langweilig?

Trotzdem will ich sie erzählen, denn die beteiligten Tiere, die Biber, sind stille Landschaftsgärtner in unseren Kulturlandschaften und sie beschränken sich inzwischen, wie mehrere andere unter Schutz stehende Arten, nicht mehr nur auf die ihnen zugewiesenen Reservate.

Nein, sie nehmen sich das Recht heraus, sich da anzusiedeln, wo es ihnen passt. Sie zeigen Anpassungsfähigkeit, sind tolerant und machen ihr Ding. Und genau deshalb stören sie, denn dort wo sie wirken, gelten ihre Maßstäbe und nicht die der Bauern und Förster. Also haben wir doch einen Konflikt und nur die Konfliktbeteiligten sind –

zumindest auf der Seite der Menschen -, schwer zu greifen.

Im vergangenen Jahr, es war im Frühling, kamen die Kinder unseres Nachbarn mit seltsam geformten Holzwalzen vom nahegelegenen Vorfluter zurück. Der heißt übrigens der Kohlgraben. Warum, ist mir unklar, denn ihren Kohl werden die Bauern kaum darin gewaschen haben. Der Kohlgraben jedenfalls entwässert den nahegelegenen Wald und er ist, wie seine nahezu ideal gewinkelten Böschungen und spärlich eingefügten Knickwinkel zeigen, durch und durch künstlich.

Vielleicht floss hier vor Zeiten ein natürlicher Bach? Wenn ja, muss das schon einige Jährchen her sein, denn unsere Landschaft ist von der industriellen Landwirtschaft durchgestylt und auch die Anforderungen des Straßenverkehrs wurden beachtet: dort wo der Bachlauf störte, wurde die gezähmte Folgeeinrichtung, unser besagter Kohlgraben, über Kilometer in die Tiefen der Erde verbannt. Sie finden das verroht? Mag sein, denn in der Fachsprache der Melioration wurden die Bächlein verrohrt und das Ergebnis ist tatsächlich ziemlich scheußlich.

Zwischen der Umgehungsstraße unserer Stadt und dem Feldweg hinter unserem kleinen Ort gönnten die damaligen Landschaftsgestalter dem Rohrsystem eine kurze Pause und der Kohlgraben durfte über einen knappen Kilometer ein wenig Luft schnappen. Dieses Wenige an Luft führt dazu, dass die herunterfallenden Blätter der Bäume, die am Ufer des Grabens in eine Hecke gepflanzt wurden, die Grabensohle langsam aber sicher versumpfen lassen.

Auf diesem kleinen unverrohrten Stück wurde dem Grabenverlauf auf westlichem Ufer eine Hecke aus schnellwachsenden Bäumen, Weißdornen und Weiden hinzugesellt.

Am östlichen Ufer jedoch verbindet ein ziemlich breiter Wirtschaftsweg, unter welchem eine Gashochdruckleitung vergraben ist, die Umgehungsstraße mit unserem Feldweg.

Das Ganze wirkt weiß Gott nicht wie ein Stück der von allen Naturfreunden so geliebten und gepriesenen unberührten Natur. Auf keinen Fall würde der Beobachter hier ein Refugium für selten gewordene Tierarten vermuten. Und so schickt der Zweckverband Jahr um Jahr einen Bagger an das mickrige Fließgewässer, welches sich wieder und wieder bemüht ein Bach zu werden, um ihn mit blanker Gewalt wieder in einen Graben zu verwandeln.

Der Bagger also entfernt den Faulschlamm und das Wasser kann ungehindert vom Wald aus in Richtung des Flusses fließen, der unsere kleine Nachbarstadt mit dem Meer verbindet.

Die seltsam geformten Holzwalzen, die die Kinder vom Ausflug an den Kohlgraben mitbrachten, wiesen ganz offensichtliche Bissspuren auf.

Ich kannte solche Kegel schon von angenagten Obstgehölzen am Ufer dieses Flusses. Ausgedehntere Schilfniederungen und kleinere Moorflächen mit Birken und Erlenbewuchs haben hier einem Biberpaar so gut gefallen, dass es sich ansiedelte. Wir sahen uns die Sache einige Tage später etwas genauer an. Tatsächlich, ein Biber muss es irgendwie geschafft haben, sich an etlichen für ihn hochgefährlichen Stellen, wie Straßen und Hoflagen vorbei, bis hin zu unserem offenen Wasserabschnitt zu watscheln. Wer den Gang eines Bibers schon einmal gesehen hat, versteht was ich meine. Nur im Wasser bewegen sich die Tiere elegant und schnell. Aber vielleicht ist der Biber ja auch die ganze Strecke zwischen Fluss und Graben geschwommen? Schließlich sind die verrohrten Abschnitte natürlich nicht unüberwindlich, sondern sie scheinen mir nur furchtbar dunkel und kalt.

Mehrere Weidensträucher wiesen die typischen sanduhrartigen Fällspuren des hungrigen Nagers auf, Blätter und saftige Zweige waren offensichtlich allesamt im Biberwanst gelandet. Aber auch einige größere Pappeln und Erlen würden bald fällig sein.

Die Biber kamen aus dem Osten, aus den Weiten der Masuren. Schritt für Schritt und Jahr für Jahr drangen sie, genauso wie die Wölfe, weiter in Richtung Westen vor, bis sie auf die vor wenigen Jahren versumpften Flächen längs des Flusses Peene trafen.

Die Tiere sind auf der Suche nach einem Plätzchen für sich und ihre Jungen, die wiederum ein wenig weiter in Richtung Westen ziehen müssen. Sie dürfen nicht mehr gejagt werden. Zu ihren natürlichen Feinden zählen Wolf und Fuchs. Aber mit einem Fuchs werden die Alttiere allemal fertig. Und weil es ihnen gelingt, Jahr für Jahr ihre Jungen in den milden Wintern über die Runden zu bringen, müssen diese nun wiederum auf Wanderschaft gehen, um sich neue Reviere zu erschließen.

Zurück können sie schlecht, denn dort sind die angestammten Gebiete bereits besetzt. Und so wird es auch dem Biber gegangen sein, der bei uns am Kohlgraben ganz allein die Anpassung der Landschaft an seine Bedürfnisse begonnen hat.

Aber ach, das Tier hat schlechte Chancen. Als erstes wird dem Baggerfahrer des Zweckverbandes auffallen, dass hier ein tierischer Landschaftsgestalter am Werk ist, dem die Zielstellungen früherer Ingenieursgenerationen vollkommen fremd sind.

Im besten Falle wird der Mann seine Arbeit tun, den Schlamm aus dem Graben baggern und sich denken, was geht mich das Tier an? Dann kann der Biber noch einige Jahre Äste in den Graben legen, vielleicht ein oder zwei Bäume so fällen, dass sie die Grundlage eines Dammes sein könnten. Aber so wie sich der Biber bemüht, Jahr um Jahr seinem Ziel, einer Staustufe mit einer Biberburg für seine Jungen näher zu kommen, wird Jahr für Jahr der Bagger anrollen und die bis dahin gelungenen Dammbauten rückgängig machen.

Dabei wäre es tatsächlich nicht dumm, dafür zu sorgen, dass das gute Waldwasser nicht so einfach ins Meer abfließt, denn Wasser wird tatsächlich von Jahr zu Jahr knapper!

Mal abgesehen davon, dass ich mir nicht trauen würde, die aufgestaute Brühe derzeit zu trinken, scheint es ja den Bibern zu bekommen.

Naja, wir befinden uns nicht in einem Naturschutzgebiet und damit ist die Vorstellung, dass ein Biber unterstützend zur Renaturierung eingesetzt werden könnte, wohl ziemlich utopisch. Warum aber eigentlich? Stellen wir uns doch einfach vor, wir würden das Tier machen lassen. Der Biberdamm würde die seltsame künstliche Klamm des Grabens versperren, ein zunächst kleiner und tiefer See würde entstehen.

Weil Wasser so ungeheuer wichtig ist, müssten wir die Menschenbauwerke Schritt für Schritt den Bibervorstellungen anpassen. Und wir Menschen sollten versuchen, ihm bei seinem einsamen und großen Werk zu helfen!

Zunächst könnten Weiden gepflanzt werden, um den enormen Futterbedarf der Tiere zu decken. Sie dürfen sicher sein, der in der Folge absaufende Acker würde den Bauern nicht begeistern. Bloß, was kann der Bauer ohne Wasser überhaupt noch bestellen? Vielleicht kapiert er ja, dass der Biber nur ein Vorreiter ist, der auf lange Sicht sehr viel besser erkennt, was die Landschaft braucht, als unser Bauer mit seinem eingefahrenen Zyklus von künstlicher Düngung, ganz natürlicher Rinderjauche, Pestiziden und Monokulturen?

Wird es eine Koexistenz zwischen Biber und Menschen geben? Die Tiere sind so stille Nachbarn. Nachdem sie gnadenlos gejagt wurden, bloß weil den Menschen im Winter das Fell angenehme Wärme schenkte, hat ihnen das Jagdverbot nach fast vollständiger Ausrottung ein wenig Freiraum geschenkt.

Und unser Biber, ganz Pionier, will diesen Freiraum nutzen. Sehen Sie, nun habe ich mich einmal im Kreis gedreht und bin wieder am Anfang angekommen. Es ist nichts weiter passiert, als dass sich ein kleines, vielleicht zwanzig Kilogramm wiegendes Tier einen Platz zum Leben gesucht hat. Wäre es nicht sinnvoll, das Kerlchen dabei zu unterstützen? Wäre das vielleicht eine der Möglichkeiten, unsere Welt, die an unzähligen Krankheiten leidet, ein wenig toleranter, schöner und wieder ganz zu machen?

Am Moor

Während die letzte Geschichte keine Konfliktträger aufweist, hat die folgende gleich eine ganze Menge davon. Aber letzten Endes geht es um ein kleines altes Naturschutzgebiet, ein Hochmoor, und um die Menschen, die an seinen Grenzen, quasi an seinen Ufern leben.

Irgendwann im vergangenen Jahrhundert stellten Naturfreunde fest, dass das Hochmoor, welches sich wenige Kilometer nördlich unserer Stadt befindet (genau sind es fünf Kilometer vom Moor bis zum historischen Marktplatz) absolut schutzwürdig ist.

Von dieser Feststellung bis zur Aufnahme in das gesetzliche Naturschutzgebietsregister war es nur ein kleiner Schritt, der zu Beginn des vergangenen Jahrhunderts rechtskräftig umgesetzt wurde. Mit dreiundzwanzig Hektar entstand ein sehr kleines Naturschutzgebiet und viele Jahre blieb es ruhig um die geschützten Flächen.

Birken wuchsen an ausgetorften Restlöchern; zwischen buckligen Binsenstöcken fanden sich die glänzenden Blätter der Blaubeeren und auch Preiselbeeren ergänzten unseren Speisezettel, wenn wir nach langen sonnigen Tagen aus dem Moor kamen.

Die Anwohner des Naturschutzgebietes lebten am Moor, ohne es zu bemerken. Nur die Jäger trieben die Schweine zur Hatz und die Besitzer der angrenzenden Waldflächen schielten nach den Kiefern, die sich Stück für Stück die entwässerten Parzellen des Naturschutzgebietes zurückeroberten.

Aber einige Jahre später sollte sich alles ändern: das Land, die Erde wurde zur Handelsware und die ruhigen Hoflagen, die an das Moor grenzten, entwickelten sich zu heiß begehrten Baugrundstücken.

Haus um Haus wurde hochgezogen, alte Büdnereien wurden modernisiert, die Idylle hielt Einzug, rings um das schlafende Moor.

Gleichzeitig rüstete der staatliche Naturschutz auf. Ämter wurden gegründet, Angestellte, Beamte gar, suchten nach Betätigung im Naturschutz. Und einigen von ihnen fiel auf, dass unser Moor einigermaßen trocken lag.

Kurz entschlossen errichteten die staatlichen Naturschützer einen Damm. Sie gingen dabei recht entschlossen vor und verfolgten ein einziges Ziel: die Wiedervernässung des Moores.

Weil sie sich wissenschaftlicher Methoden bedienten, konnten sie genau sagen, wie viel Land sie absaufen lassen wollten, denn sie kannten die Höhenlagen rings um das Moor sehr genau. Insofern unterschieden sich diese Landschaftsgestalter ziemlich stark von den Bibern der Vorgeschichte. Denn diese sorgen zwar für Stau und bewohnen diesen, wissen aber nicht im Voraus, wie weit ihre Bemühungen reichen werden. Trotzdem sind mir die Tiere als Wiedervernässer sehr viel angenehmer als die Beamten, denn die müssen schließlich nicht das ausbaden, was sie begonnen haben und das im wahrsten Sinne des Wortes.

Die Landschaftsplaner klotzten also einen Betondamm mit einigen mickrigen Löchern in den natürlichen Ablauf des Moores und das Wasser stieg. Damit begann für die Anwohner des Moores ein Leidensweg, der auch diejenigen ereilte, die auf der Grundlage von Baugenehmigungen anderer Beamter (allerdings unter Beteiligung des staatlichen Naturschutzes) ihre Wohnstatt aus der Stadt in die ländliche Idylle verlegten.

Mit dem Anstieg des Wassers kamen zunächst die Gnitzen. Sie kennen die kleinen Kriebelmücken? Nein? Seien Sie froh! Die Viecher sind so ziemlich das Letzte, was man sich in der ländlichen Idylle wünscht, denn sie können einem das Leben an der frischen Luft zur Hölle machen. Aber gut, die Kriebelmückensaison kann nicht länger als acht Monate dauern, denn wenigstens im Winter geben die Plagegeister Ruhe.

Die Mooranwohner muckten das erste Mal auf – allerdings noch ziemlich leise. Der zuständige Minister versprach Abhilfe und es geschah nichts. Das Wasser stieg weiter. Als die Kläranlagen schlapp machten, die Straßen sich stellenweise zu Schlammlöchern absenkten und die Wasserflächen sich bis in die Gärten der Anlieger ausdehnten, wurden die Anwohner lauter. Sie diskutierten in großen und kleinen Runden, mit den Beamten des Naturschutzes, mit der Gemeinde, mit dem Kreis und wieder geschah nichts.

Wohl wurden zaghafte Entwässerungsversuche gestartet und auch in der Nacht tauchten ab und an grabende Gestalten auf, die dem Wasser ein wenig den Abfluss erleichterten.

Nur eines erfolgte nicht. Es wurde nicht dafür gesorgt, dass in geregelter Art und Weise das

Wasser je nach Bedarf hätte gestaut oder eben abgelassen werden können. Die Anwohner des Moores waren sauer.

Dann kam die Dürre. Sommer für Sommer fiel der Grundwasserspiegel.

Heute können wir trockenen Fußes durch das Naturschutzgebiet gehen. Das Moor ist ausgetrocknet. Mit ihm sind auch die Gnitzen verschwunden. Die Idylle ist wieder hergestellt. Wenn Sie aber durch das Moor wandern wollen, nehmen Sie sich eine Wasserflasche mit. Es ist so heiß dort, im Sommer…

Was uns gelingt

„Früher ging alles besser."

Bernd nuckelte einen Schluck aus der Bierflasche, dann grinste er mich an. Vorsichtig lenkte er das Boot in die Hafeneinfahrt und stellte die Flasche in die dafür vorgesehene Halterung. Er brauchte jetzt beide Hände, denn mit dem rechten Arm hielt er den Bootshaken, wie ein Ritter die Lanze.

Tatsächlich hatten wir ein wenig zu viel Fahrt drauf und so drehte der Stoß gegen die Kaimauer das Boot. Das heftige Aufstoppen sorgte dafür, dass wir nickten, als fänden wir die banale Bemerkung fundamental.

Jedenfalls kam das Boot zum Stehen und Bernd nickte mir zu, damit ich die Leine über den Poller werfe. Er schaltete den Motor aus.

„Was uns gelingt, machen wir gut!"

Jetzt musste ich doch ein wenig lächeln.

„Mann, du bist ja heute ein richtiger Sprücheklopfer!"

Bernd machte das Boot nun am Bug fest.

„Was willst du, das stimmt doch, oder?" sagte er, noch während er die Leine an der Klampe festfummelte. Er kam ein wenig schlecht über seinen dicken Bauch hinweg.

„Das ist Volks…weisheit, mein Lieber!"

Mit einem Schnaufen stieß er die Luft aus, dann grabschte er sich die Bierflasche und nahm einen tiefen Zug.

Na, wie auch immer, was den Ausflug, den wir hinter uns hatten angeht, hatte er vollständig ins Schwarze getroffen: Früher ging alles besser, aber schön, schön war es doch gewesen.

Der See schenkte uns am frühen Morgen einen prächtigen Sonnenaufgang und selbst meine halbherzigen Angelversuche wurden mit zwei mittelprächtigen Hechten belohnt. Bernd erwischte einige Barsche und natürlich kommentierte er den ersten mit der Bemerkung, dass damit wohl der ganze Angeltag im Arsch sei.

Wir trödelten nach dem Anlegen noch ein wenig im Hafen herum, zogen die Plane über den Kahn und so etwas. Bernd packte den Fischfinder und die Dinge, die man vom Boot abbauen konnte, in seinen Lieferwagen.

Ich für mein Teil räumte die Gummistiefel und die beiden Hechte in die Plastikwanne meines SUV, den wir uns erst vor zwei Monaten zugelegt hatten. Man gönnt sich ja sonst nichts!

Dann setzten wir uns an die Kaikante und zischten ein letztes Bier. Sobald die Sonne unterging wurde es frisch. Ich zog die Fernbedienung meines Wagens heraus und schaltete die Standheizung ein. Gleich darauf begann das Auto leise zu blubbern; die Heizung hatte gezündet.

Bernd zeigte mit der Flasche auf mein neues Auto.

„Schönes Auto, darf man fragen, was das Ding gekostet hat?"

„Man darf, man darf!"

Weise nickte ich vor mich hin. Es ist nun so, dass wir uns das Ding tatsächlich besser nicht gekauft hätten, denn unsere alte Karre, ein ausgelatschter aber zuverlässiger Caddy, hätte es durchaus noch einige Jahre gemacht. Bloß, wo sollten wir hin mit dem vielen Geld, welches wir uns angespart hatten? Jahr um Jahr ging der Kaufwert runter und sowohl das ständige Drucken neuer Scheine zu Absicherung einer Inflationsrate so um die zwei Prozent, als auch dieses saublöde Virus, welches im Halbjahresrhythmus die Wirtschaft lahm legt, tragen offenbar nicht zum Werterhalt unseres kleinen Vermögens bei.

Mit ein wenig Stolz schaute ich auf den blubbernden SUV.

„Achtzigtausend, so plus minus!"

Bernd pfiff durch die Zähne.

„Verdammt, das ist manchem sein Ganzes!"

Auch er drehte nun sein Gesicht, um das Wertobjekt genauer sehen zu können.

„Und, war es das wert?"

Er setzte die Flasche an und trank den letzten Schluck. Dann stand er auf und schwenkte die leere Flasche mit der Öffnung nach unten. Einige wenige Tropfen spritzten auf die Kaikante, einige verschwanden im Wasser. Sein Ton klang jetzt fast ein wenig böse.

„Musste es denn wirklich so eine Scheißangeberkarre sein?"

Ich zog die Mundwinkel nach unten.

„Na, na, Junge, wo bleibt denn deine Toleranz? Die Scheißkarre braucht die Hälfte von deiner. Hast du schon mal was von Umweltschutz gehört?"

Bernd legte den Kopf in den Nacken und lachte.

„Umweltschutz! Und warum lässt du die Standheizung laufen?"

Er zeigte mit der Bierflasche auf sein Auto.

„Hörst du was? Na also, der verbraucht jetzt gerade nichts, und was die Herstellung angeht, da ist das Material auch vor zwanzig Jahren in die Produktion gesteckt worden und nicht vor ein paar Wochen…"

Jetzt wird er unsachlich, denn das meiste Material an meinem Neuwagen ist wiederverwendetes Altmaterial und das sage ich ihm auch.

Unsere Freundschaft wird daran nicht zerbrechen aber die Stimmung beim Abschied ist doch einige Grade frostiger als sonst.

Irgendwie macht mir das Thema zu schaffen, sonst wäre ich wohl nicht schon auf dem Weg zur Autobahn geblitzt worden. In Gedanken ging ich meine Argumente wieder und wieder durch.

Ja, wir hätten das Geld auch unseren Kindern geben können, bloß waren sich meine Frau und ich einig, dass wir es ganz für uns allein verwenden wollten. Man darf es den Kindern schließlich nicht zu einfach machen, oder? Uns hat schließlich auch keiner mit solchen Summen unter die Arme gegriffen. Dabei ging es bei uns oft genug knapp zu. Dann gab es eben kein Schnitzel zum Wochenende.

Bis zur Autobahn sind es nur wenige Kilometer. Als ich die Brücke vor der Auffahrt passierte, sah ich den Strom der Personenkraftwagen, der in beide Richtungen jagte. Ab und zu trödelte ein Lastwagen dazwischen umher. Ich ordnete mich ein und wechselte sofort auf die Überholspur.

Der Wagen nahm das Gas an, wie geschmiert. Schon bald mussten die langsameren Teilnehmer ausweichen. Sie glauben gar nicht, wie viele rücksichtslose Idioten keinen Platz machen wollen, wenn ein schnelleres Fahrzeug als ihres die Überholspur für sich beanspruchen will. Ich denke immer, das ist der reine Sozialneid.

Wenn ich allerdings das grelle LED-Licht auf volle Kraft stelle und mit einigermaßen deutlichem Schwung auf die Heckpartien der Ausbremser zuhalte, überlegen sie sich die Sache mit dem Neidverhalten meist, geben nach und weichen aus.

Ein wenig abgelenkt muss ich gewesen sein, sonst hätte ich den Fuchs, der sich gerade startklar machte, um die Autobahn zu überqueren, etwas eher bemerkt. Ich hatte keine Zeit mehr auf den Tacho zu sehen, da machte das Tier die ersten Schritte in Richtung der gegenüberliegenden Fahrbahn. Es explodierte regelrecht und ich sah noch etwas, was aussah wie ein Fuchsschwanz, in die Höhe fliegen.

Dann verlor ich die Kontrolle über das Auto. Die Landschaft, die zuvor so zügig und irgendwie sanft vorbeiglitt, wurde zur Fahrbahn und umgekehrt, ein Hecht tauchte an der Frontscheibe auf, dann kreischte das Metall der Leitplanke in die lieblichen Töne des Violinkonzertes, welches ich während unserer Fahrten meist genieße.

Ich versuchte, die Gewalt zurückzuerobern, was zu den nächsten Rollbewegungen meines SUV führte. Dann rammte der Wagen etwas Stabiles, drehte sich noch einige Male, bevor er wie von einem Hammer in die Böschung geschlagen wurde.

Das Dach hielt dem gewaltigen Schlag nur unvollkommen stand; ich hatte Glück und die höherstehenden Kopfstützen sorgten dafür, dass ich wie in einen Liegestuhl eingeklemmt wurde. Obwohl der Wagen platt wie eine Flunder an der Böschung klebte, das Fahrzeuginnere roch plötzlich intensiv nach Erde und Gras, lief der Motor noch kurze Zeit, bis er einfach ausging.

Dafür hatte ich nun Gelegenheit, den letzten Satz des Violinkonzertes zu hören, bis die ersten Gesichter an den Schlitzen auftauchten, die statt der ehemaligen Fenster in Richtung Himmel bzw. in das Wasser des Grabens starrten. Die Gesichter tauchten allerdings nicht auf der Grabenseite auf, versteht sich.

Die Klinke der Tür wackelte, aber sie saß ums Verrecken fest.

„Hören Sie mich? Sie müssen nicht reden! Nicken Sie nur!"

Ich nickte, wobei mein Kopf gegen das Blech des Daches stieß. Etwas Kaltes schränkte meine Bewegungsfreiheit in Richtung Brust ein wenig ein. Musste wohl einer der Hechte sein. Ich drehte den Kopf zur Seite; tatsächlich, ein Fischschwanz schränkte nun mein Sichtfeld ein.

Aus weiter Ferne hörte ich das Tosen der Autobahn. Die Autos fuhren und fuhren und eine Frau schrie „Rettungsgasse bilden!".

Ich war bloß noch müde. Irgendeiner der blöden Pinsel musste doch tatsächlich noch ein Erinnerungsfoto schießen.

Es wurde inzwischen dunkel. Woher ich das weiß? Keine Ahnung, die Rettungsgasse kam offenbar nicht zustande, denn sonst hätten mich die Rettungskräfte ja wohl doch schon aus dem Auto geholt, oder?

Ach so, doch, die Blitzlichter der Fotoapparate. Die gehen ja wohl nur bei aufkommender Dunkelheit an. Der dritte Satz war nun zu Ende. Folgte ein Largo? Ich weiß es nicht mehr. Aber gut, dass mein Wagen Standheizung hat. Meine Beine sind warm, so warm…

Brotlose Kunst

Im Grunde seines Herzens wusste er, dass es ein Fehler war, aber er hatte seit Monaten kein Buch mehr verkauft, er brauchte das Geld und seine Erinnerungen an die Köhlers waren insgesamt eigentlich positiv und darum hatte er, als der alte Köhler, Jugendfreund seines Vaters, angerufen hatte, gesagt, ja er werde vorbeikommen und sich seine Bitte anhören. Vorher musste er sich noch die Meinung seiner Frau Elvira anhören, gesprochen in jenem ausdruckslosen Ton, der so hoffnungslos klang, dass er den Vorwurf darin nicht mehr ertragen konnte. Wirklich: Er konnte es nicht mehr hören!

„Du schreibst und schreibst, kannst du nicht auch mal was verkaufen?" Elvira hatte ihm die Keksdose hingehalten, auf deren Grund einige mickrige Kupferstücke klapperten.

Sie hatte natürlich vollkommen Recht: ja, er musste Geld einnehmen. So konnte es einfach nicht weitergehen.

Schon ein ganzes Jahr war vergangen, ohne Verkaufserfolge bei seinen Büchern, ohne die Malkurse des Sommers, ohne Einnahmen aus dem Merchandising. Und warum? Bloß weil ein Kugelvirus in den Altenheimen wütete? Er lehnte sich im geliebten alten Ledersessel zurück und schaute auf die Wiese hinter dem Haus. Der Apfelbaum stand wie ein begossener Pudel und ließ die Zweige hängen. Kein Schnee verschönte die Sicht, die ihm sonst das Herz öffnete. Alles nur welk und braun, wie seine Stimmung eben.

Auf dem Weg in das Nachbardorf fror er sich die Hände am eiskalten Lenkrad des in die Jahre gekommenen Autos ab. Er läutete an der Haustür. Zunächst blieb es lange still, bis er, schon am Überlegen, ob er nicht besser wieder heimkehren sollte, ein Schleifen hörte. Die Tür öffnete sich einen Spalt breit und ein Auge unter streng nach hinten gekämmten grauen Haaren und faltenreich hochgezogener Stirn fixierte ihn durch ein ziemlich starkes Brillenglas.

„Guten Tag, ich bin Harry. Harry Benthoff, der Verleger! Herr Köhler hat mich einbestellt!"

Einbestellt! Sein Ausdruck kam ihm selbst reichlich abgehoben vor. Er faselte schließlich sonst nicht so schwülstig daher.

Die Frau, sie war nicht so alt, wie ihr graues Haar zunächst vermuten ließ, hielt nun die Tür auf. „Ich werde ihm sagen, dass du da bist, Harry."

Er nickte höflich und drückte sich, während er gleichzeitig den Dreck von den Schuhen abtrat, in den Korridor des ehemaligen Bauernhauses, der nach Schuhen und Bohnerwachs roch.

Die Frau, war es Elfriede, die Schwester des Alten, blieb, nachdem sie die Tür leise wieder ins Schloss gedrückt hatte, neben ihm stehen, faltete die Hände und starrte auf die Schuhe an seinen Füßen.

Harry starrte zurück, denn eines mochte er nicht: in fremden Häusern auf Socken umherlaufen!

Mit ziemlichem Krach flog die Tür des Wohnzimmers auf, knallte gegen einen Schuhschrank und ein großer alter Mann, mit einem kräftig behaarten Schädel, verdunkelte den sowieso schon spärlich beleuchteten Flur.

Die Tür zur ebenfalls im kärglichen Licht liegenden Stube blieb einfach offen stehen.

„Hallo Harry, schön, dass du so schnell gekommen bist."

Mit ausgestreckter Hand ging der Alte auf seinen Besuch zu, bis er sich einen Ruck gab und den Arm einknickte und stattdessen den Ellenbogen vorschob. Harry ließ resigniert die Schultern hängen, dann riss er sich zusammen und streckte ebenfalls den Ellenbogen nach vorn, um ihn gegen den Arm des Alten zu tippen.

„Hat dir Elfriede schon gesagt, was du für uns machen sollst?"

Elfriede funkelte den großen Mann an. „Also Frank, der Harry ist doch gerade erst herein gekommen. Sollte ich ihn gleich überfallen, oder was?"

Harry trat einen Schritt zur Seite, als ihn der alte Köhler an den Arm nehmen wollte, um ihn kurzerhand ins Zimmer zu schieben. Wie zwei gleichpolige Magnetenden, Harry voran, der alte Köhler hinterdrein, manövrierten sich die beiden Männer bis zum gewaltigen Sofa, welches die linke Hälfte des Raumes einnahm. Schließlich saßen beide mit einem guten Abstand. Die Frau setzte sich auf die gegenüberliegende Armlehne und schaute erwartungsvoll auf den Alten. Der beugte sich nach vorn, die dicken Augenbrauen verschwanden in der bocksgrauen Mähne.

„Ich nehme an, du weißt, was wir für ein Glück hatten?"

Harry wusste nicht, was er sagen sollte.

„Naja, ich war auf der Insel, den Sommer über, und dann habe ich den Verlag über Wasser halten müssen. Als ich wieder hier war, meine ich. Meine Frau war auch krank, das Virus, Sie wissen?"

Keiner der beiden Alten sagte etwas dazu, nicht einmal ihrem Bedauern über Elviras Krankheit gaben sie Ausdruck.

„Aber es stand in allen Zeitungen", sagte Elfriede, und jetzt klang sie regelrecht empört. Sie rückte ihre Brille zurecht, neigte den Kopf nach vorn und sah Harry mit einem Blick an, der den Glücksmoment zum Leben erweckte.

„Mensch, Harry, wir hatten doch im Lotto gewonnen!"

Jetzt fiel bei Harry der Groschen. Da saßen sie also, die Gewinner von einigen Millionen Euro. Waren es vierzehn gewesen? Ja, das hatte tatsächlich in den Zeitungen gestanden, aber doch nicht, dass es sich um den alten Frank Köhler und dessen Schwester Elfriede handelte. Das, versteht sich, hatten die Zeitungen natürlich nicht geschrieben!

Harry straffte die Schultern. Gut und schön, aber was ging ihn die Sache an? Und das fragte er nun auch.

„Na, herzlichen Glückwunsch! Eh, das freut mich, ehrlich… . Bloß, was habe ich damit zu tun? Wollen Sie mir Geld schenken?"

Natürlich geisterten die kleinen und miesen Gedanken seiner Geldnot durch den Raum; Harrys Freude wirkte tatsächlich ein klein wenig aufgesetzt. Die beiden Alten schauten ziemlich ungerührt zu, wie sich ihr Gast abzappelte.

Schließlich kam der Alte mit seinem Anliegen zur Sache.

„Weißt du, Harry, dein Vater und ich, wir sind zusammen in die Schule gegangen. Nach der Schule habe ich in der Landwirtschaft gearbeitet, Dein Vater ist auf die Kunstakademie. Ja, der Rudi, er hat mir oft geholfen. Ich ihm ebenfalls, versteht sich. Später, er hatte schon die Giebel an den großen Häusern gemalt, da wollte ich, dass er ein Porträt von mir malt, aber irgendwie ist daraus nie etwas geworden."

Der alte Köhler nickt vor sich hin und schaut aus dem Fenster auf die Terrasse, wo sich Sperlinge laut um das Futter im Vogelhaus zanken.

„Nein, also Schenken ist nicht. Aber Fünfund-
zwanzigtausend Euro, wenn du von Elfriede und
mir ein Porträt malst, so richtig für die Ewigkeit,
die kannst du dir verdienen!"

Harry rieselte es kalt den Rücken runter, so viel
Geld für etwas, was sein Vater gekonnt hätte,
nicht aber er, der Verleger!

„Mein Vater war der Maler, Rudolf Benthoff!
Herr Köhler! Ich bin Verleger!"

Der Alte lachte ihm ins Gesicht.

„Du und kein Maler, erzähl doch nicht! Wer gibt
denn jeden Sommer Kurse auf der Insel?"

Tja, und da hatte Herr Köhler wiederum Recht,
obwohl die Kurse, die Harry anbot, sich eher an
gelangweilte Urlauber richteten, die das schlechte
Wetter in die Mal- und Lesestunden trieb.

Der Widerstand des Verlegers blieb also halbherzig. „Nee, wir malen bloß so Landschaften!"

Der Alte haute auf den Tisch: „Aber fünfund-
zwanzigtausend Euro!"

Harry schwirrte der Kopf. Das Script seines letzten Rettungsankers, ein Buch, welches er diesmal
unter Pseudonym veröffentlichen wollte, war gar
nicht so schlecht. Ein in die Jahre gekommener
Mann verwirklicht seine sexuellen Fantasien Jahr

um Jahr während der obligatorischen Klassentreffen.

Ein Lächeln umspielt seinen Mund, während er daran dachte, wie weit Wirklichkeit und die fiktive Welt seines Romans auseinander lagen.

Trotzdem, die ersten Probeleser hatten nicht verstanden, sein Leben von den erzählten Geschichten zu trennen. Dichtung und Wahrheit eben, da konnte er nur den Kopf schütteln. Mein Gott, was war das peinlich! Und nun das! Er als Porträtmaler!

Die Alten starren ihn erwartungsvoll an. Harry konnte nicht anders. Er nickte.

„Einverstanden!"

Als Kind hatte sich Harry gern im Atelier des Vaters herumgedrückt. Alte Leisten, Farbreste und der Duft der Malharze machten den Raum, in welchem heute sein Schreibsessel stand, zu seinem liebsten Spielort. Rudolf malte still in seiner Ecke und duldete den Knaben gern um sich.

Später kamen Fremde, die mit dem Vater diskutierten. Manche kauften Bilder, die meisten jedoch nicht. Wenn die Männer, die nur mit dem Vater redeten gegangen waren, stellte der meist die Staffelei in die Ecke und machte sich eine

Weinflasche auf. Dann stierte er in den Garten und trank, bis die Flasche leer war.

Aber ab und zu nahm Rudolf den Sohn auf den Schoß und erklärte ihm was er malte, warum die Sonne an der und der Stelle sitzen musste, wie sich die Sträucher im Wind bogen und wie deren Bewegungen sich in das Bild einordneten. Die schönsten Momente aber hatten die beiden, wenn der Vater aus Pappen und alten Leisten Rollbahnen baute und sie auf diesen die verbeulten Metallautos Harrys in den Garten sausen ließen.

Dann stellte sich Harry neben die Stellagen, welche die abenteuerlichen Pappkonstruktionen trugen und vor seinen Augen entstand eine zweite Wirklichkeit, durch welche sich die Spielautos mit seinen Spielmenschen in seinen Spielgeschichten bewegten.

Natürlich durfte der Junge auch die Farben des Vaters benutzen. Aber irgendetwas lief verkehrt, denn die Besuche der Fremden wurden immer häufiger, die Weinflaschen wurden durch Schnapsflaschen abgelöst. Anfangs räumte Rudolf die Flaschen in den kleinen Schuppen. Als der voll war, kam die Scheune dran. Langsam aber sicher verfaulten die Strohballen und Stapel leerer Flaschen nahmen deren Platz ein.

Eines Tages war der Vater fort. Harrys Tante zog ein und erst als Elvira schon lange seine Frau war, beschloss die inzwischen alte Frau, ihre Tage im Altenwohnheim der Stadt zu beschließen.

Das Atelier des Vaters war inzwischen schon längst der Sitz seines Verlages geworden, die Staffelei stand in der Scheune, bis ein Hobbymaler eines Tages fragte, ob er die Malutensilien Rudolf Bentheims erwerben könne. Harry gab sie ohne Abschiedsschmerz für zwanzig Mark her.

Später hätte er wenigstens die vielen Farben ganz gern zurückbekommen aber inzwischen wurde ja mit Acryl gemalt. Diese Farben trocknen viel schneller und ihr Geruch, der ist fast neutral. Mit dem Harzgeruch der Ölfarben des Vaters waren sie jedenfalls nicht zu vergleichen. Außerdem spielten auch Kostengründe eine Rolle, denn in einigen Sommern vermalten die späteren Kursteilnehmer von Harrys Landschaftsmalschule bergeweise Tuben.

Aber nun die Porträts! Harry kniete sich in die Aufgabe hinein als galt es, in wenigen Wochen aufzuholen, was ihm das vergangene Jahr an Aufträgen genommen hatte. Die wenigen Münzen in der Keksdose reichten nicht. Er musste Elvira anpumpen, um sich einen Projektor leisten zu können. Dann fotografierte er die beiden Alten in allen möglichen Situationen. Der Frühling kam, die Gärten blühten auf und Harry begann erste Entwürfe auf Leinwände zu projizieren.

Irgendwie bekamen seine Auftraggeber mit, wie klamm er war und Elfriede steckte ihm einen Vorschuss von einigen hundert Euro zu.

Er malte den alten Köhler vor dem Haus und Elfriede auf dem Sofa und als er sie so weit hatte, dass sie die Brille abnahm und das Haar von seinem strengen Knoten erlöste, sah er, was für eine schöne Frau sie war.

Elvira durfte inzwischen wieder an der Schule unterrichten. Dann kam der Sommer und die beiden Porträts waren fertig.

Harry lud zu einer kleinen Übergabefeier in den Garten der Köhlers ein. Da standen die beiden Bilder, ihre satten Farben leuchteten in der milden Abenddämmerung. Das abnehmende Licht zeigte, dass die Komposition Bestand hatte und als das Rot der Abenddämmerung die Bilder erglühen ließ, spendeten die Gäste spontan Beifall.

Frank Köhler stellte sich neben einen der Tische, schlug mit dem Löffel gegen ein Glas und dankte in braven Worten dem Maler für sein Werk.

Harry war glücklich und mit einem strahlenden Lächeln nahm er den Umschlag mit dem Restbetrag der vereinbarten Summe entgegen. Das Jahr war gerettet. Mit leuchtenden Augen zog er seine Elvira neben sich, hob das Glas und sagte nur ein Wort. „Danke!"

Eine der Kolleginnen Elviras beugte sich zu ihrer Nachbarin und sagte so laut, dass es nicht zu überhören war: „Hätte ich dem alten Köhler nicht gesteckt, wie beschissen Harrys Verlag läuft, ich glaube, dann würde der jetzt noch am Hungertuch nagen!"

Tante Gisela

Anngret freute sich auf die Fahrt zu ihrer Tante Gisela, obwohl ihr der Besuch, den sie wöchentlich zuverlässig am Samstag absolviert, doch einige Umstände bereitete. Tante Gisela wohnte eine gute Fahrstunde entfernt von Anngrets Wohnung und sie musste einmal umsteigen, um in die mittelgroße Industriestadt zu kommen, an deren Peripherie sich die kleine Haushälfte befand, in der Tante Gisela wohnte.

Am Haus befand sich ein kleiner Garten und im Frühjahr half Anngret ihrer Tante bei der Bestellung der Beete, bis sich Tante Gisela nicht mehr bücken konnte. Onkel Jürgen verstarb schon vor vielen Jahren. Die Tante hatte ihn aufopferungsvoll mehrere Jahre lang gepflegt. Das war nicht einfach für sie gewesen, denn Onkel Jürgen war ein schwerer Mann und zum Ende hin wurde er wehleidig. Bei jeder Berührung greinte er. Um es genau zu sagen: es war ein Graus! Aber anscheinend hat ja alles im Leben seinen Sinn und so machte das ständige Greinen der Tante Gisela den Abschied leichter, denn als der gute Onkel die Augen schloss – er verstarb im eigenen Bett und im Schlaf -, trauerte die Tante nicht übermäßig, sondern fand sich bald mit der neuen Situation ab. Sie hatte ja noch ihr Tun, rings um ihr Häuschen.

Weil Tante Gisela und Onkel Jürgen keine Kinder hatten, kümmerten sie sich lange Zeit um Anngret, wenn deren Mutter Hanna, die Schwester Tante Giselas, keine Zeit für die Tochter hatte.

Das kam in der Jugend Hannas ziemlich oft vor, denn als alleinerziehende Studentin und Mutter - irgendwie war ihr Anngrets Vater während ihres Lehrerstudiums abhandengekommen, sie wurde da nie konkret -, passten die Ferien des Kindes nie so richtig zu den Semesterferien. Außerdem war Anngrets Mutter ja noch jung und unternehmungslustig. Und so verbrachte Anngret in den Jahren ihrer Kindheit viele Monate bei ihrer Tante und es waren nicht die schlechtesten!

Jedenfalls sah es Anngret nun, da ihre Tante hochbetagt nicht mehr in der Lage war die Dinge des Alltags ganz allein zu bewältigen, als selbstverständlich an, sie zu unterstützen. Also machte sie sich jede Woche Samstags auf den Weg zu ihr, schnitt die Sträucher im Gärtchen zurück, putzte die Fenster, mähte im Sommer das Gras und schob im Winter den Schnee von den Gehwegen.

Die Pflegerin, Barbara, die sich um die tägliche Medikamenteneinnahme der alten Dame kümmerte, stellte sich als Tochter einer ehemaligen Kollegin des Onkels heraus, denn so groß war die Stadt nun doch nicht. Man kam also miteinander aus und alles hätte wohl noch eine ganze Weile so weitergehen können, bis Tante Gisela eines Abends nicht mehr wollte.

Anngret öffnete leise die Tür zum Wohnzimmer, denn seit einigen Wochen schaffte Gisela die Treppe nicht mehr. Das war nicht schlimm, denn auch auf der Couch im Wohnzimmer konnte man ganz gut schlafen. Anngret wusste das aus eigener Erfahrung, denn früher hatte sie oft hier gelegen und den Schattenspielen der Blätter im Licht der Straßenlaterne zugesehen. Es schlief sich deshalb ganz gut im Wohnzimmer, weil die Fernverkehrsstraße ein Stück entfernt auf der anderen Seite des Hauses verlief. Das Brummen und Krachen des Verkehrs störte auf der abgelegenen Seite so gut wie nicht.

Tante Gisela hatte sich also ein ruhiges Plätzchen zum Sterben herausgesucht. Denn sterben wollte sie. Sie hielt die Hand ihrer Nichte, sah deren fast noch jugendliches Gesicht, schloss die Augen und sagte ihr ganz ruhig, dass sie nun gehen könne. Sie wolle jetzt schlafen. Tante Gisela war ganz und gar lebenssatt.

Anngret schloss leise die Tür, lächelte und beschloss, sich in der nächsten Woche ein paar Tage frei zu nehmen, denn so schnell würde es schon nicht gehen, mit dem Sterben, meinte sie.

Sie fuhr also wie immer mit dem letzten Zug nach Hause, nahm sich vom Bahnhof aus ein Taxi. Während der Fahrt durch die verlassenen Straßen, auf denen nur hier und da einige Menschen unbekannten Zielen entgegeneilten, wurde sie traurig. Das war also das Leben: ein eiliges Hasten auf einsamen Straßen, unbekannten Zielen entgegen?

Dann sah sie das Gesicht ihrer Tante vor sich, wie diese lächelnd die Augen schloss, ganz und gar zufrieden. Nachdem sie den Taxifahrer bezahlt und zielstrebig nach einer kurzen Katzenwäsche im eigenen Bett verschwunden war – ihr Mann Gerd knurrte nur kurz zur Begrüßung -, schlief auch Anngret versöhnt mit diesem seltsamen Tag ein.

Nicht der Wecker holte sie am nächsten Tag aus dem Bett, es war ja ein Sonntag, sondern das Telefon. Es hörte nicht auf zu klingeln. Als Anngret abnahm, war Barbara dran, die Pflegerin der Tante Gisela.

„Anngret, hier ist Barbara. Du musst bitte kommen! Deine Tante kam mir eben an der Haustür entgegen. Sie ist zusammengebrochen! Ich habe ihren Hausarzt, Dr. Merten, angerufen. Der kommt auch gleich. Ich glaube, es ist so weit!"

Barbara teilte ihr noch mit, dass sie nach der Ankunft des Arztes weiter müsse, denn es warteten noch andere alte Menschen auf ihre Unterstützung und ihr Zeitplan war eng.

Anngret sah auf die Uhr. Wann fuhr der Morgenzug? Aber heute war Sonntag. Sie würde einfach das Auto nehmen, denn heute musste Gerd schließlich nicht zur Arbeit.

Als Anngret mit dem kleinen roten Auto vor dem Häuschen der Tante vorfuhr, war alles still. Die Nachbarin teilte ihr mit, dass der Notdienst Gisela vor einigen Minuten mit ins Krankenhaus genommen hätte.

Als Anngret im Krankenhaus ankam, lag Gisela bereits auf dem OP-Tisch. Sie musste waren. Es dauerte lange. Erst als es dunkel wurde, gab ihr ein Arzt die Auskunft, dass Gisela über den Berg sei. Es hatte sich als notwendig erwiesen, der Tante einen Herzschrittmacher einzusetzen und Ende der nächsten Woche könne sie die alte Dame wieder abholen. Und ja, sie könne sie jetzt sehen, sie läge noch im Aufwachraum.

Anngret war wie vor den Kopf geschlagen. Als sie an den Glaskasten trat, in welchem zwei Krankenschwestern in ihren blauen Anzügen auf einen Monitor starrten, schauten die Schwestern kurz auf und eine wies mit der Hand auf das Ende des Korridors, um ihr den Weg zum Aufwachraum zu weisen.

Tante Gisela lag auf dem Rücken und starrte an die Decke. Als Anngret an das Bett trat, drehte die Tante den Kopf ein wenig. In ihrer Nase steckte ein Schlauch, aus dem OP-Schurz führte ein weiterer in regelmäßigen kurzen Schüben eine rötliche Brühe in einen kleinen Beutel, der am Bett hing. Der Blick der Tante war völlig verstört. Rund um die Iris zeigte sich der weiße Augapfel. Ja, das war er, der Königsblick, Anngret würde ihn nie vergessen! Aber es war der Blick einer Königin, die alles verloren hatte.

Ihre Tante lebte noch viele Jahre, bis sie nach einem Schlaganfall verstarb. Anngret versuchte zunächst, der Tante häusliche Pflege im gewohnten Umfeld zukommen zu lassen. Doch obwohl deren Vitalwerte vollkommen in Ordnung waren, musste sie in ein Pflegeheim, denn alles was sie tat, geschah in einem Zustand, der an Schlafwandlerei erinnerte. Bei einem späteren Besuch des Hausarztes machte Anngret diesem heftige Vorwürfe, weil der den Notarzt gerufen hatte. Aber Dr. Merten hatte diesbezüglich ein dickes Fell. Schließlich wollte er nur helfen!

Lilith

Gab es sie tatsächlich, jene sagenhafte Lilith, die der Herrgott dem Adam an die Seite stellte, bevor er das missglückte Experiment wiederholen und diesmal ein Stück aus dem Adammodell verwenden musste, nämlich dessen Rippe, um eine etwas zahmere Version von Frauen zu modellieren?

Die Geschichte der Genesis ist von der Entstehung her eine Wiederspiegelung altväterlicher Vorstellungen vom Verhältnis von Frau und Mann und ich muss zugeben, dass es mir einigermaßen schwer fällt, mir das alles live vorzustellen.

Und glauben Sie mir, mit meiner Fantasie ist es nicht ganz schlecht bestellt! Wie geht es da erst anderen, die vielleicht mehr am geschriebenen Wort hängen. Glauben die das alles?

Wie war es denn so, vor dem inzwischen auch von den Kirchenoberen als Schöpfungsakt anerkannten Urknall? Da war ja nix! Inzwischen können wir uns ja vorstellen, dass Geist nicht unbedingt an Gegenständen kleben muss. Der Geist schwebte also im Nichts. Und wenn nichts da ist, vergeht auch keine Zeit. Mir schwebt da so ein komatöser Zustand vor, indem der Geist der Kreatur schließlich auch nichts mehr vom eigentlichen Träger seiner Gedankenwelt, dem Körper, merkt.

Der HERRgott war also im Verständnis der Religionsstifter ein Mann. Sonst hätten sie ihn ja FRAUgott genannt, oder? Und er war am Anfang ganz Geist. Ging ja nicht anders, denn es gab ja nichts.

Der Geist, ich will mal nicht pingelig sein, es war an sich ja egal, ob der nun als Er oder Sie ausgeprägt war, schwebte also im Nichts. Und nun stellen Sie sich um HERRgottswillen keinen leeren Raum vor! Denn Raum gab es ebenfalls nicht!

Wieso ist der Geist nicht in seiner ewigen Umnachtung verblieben? Wieso hat ER das Licht angeknipst? Bloß um festzustellen, dass dort wo Licht sein muss, auch die Dunkelheit erforderlich war? Irgendwie ging dem Geist schließlich ein, dass alles ein Für und Wider hat. Er stieg also mit ganzer Kraft in die selbst konzipierte Gegensatzlehre ein.

Und nun wurde der ganze Schöpfungsakt sehr dynamisch, denn alles was der Geist schuf, musste schließlich durch ein Gegengewicht bilanziell im Gleichgewicht gehalten werden.

Das ist ganz schön anspruchsvoll, das kann ich Ihnen sagen. Ich vermute, dass ER am Höhepunkt der Entwicklung nicht mehr klar kam, mit den ganzen bilanziellen Gewichten und Gegengewichten. Nehmen wir bloß die Trennung von Plus und Minus. Wobei Minus in dem Sinne nicht negativ gemeint ist, verstehen Sie mich bitte richtig!

Ich könnte ebenso behaupten, dass die Sache ein wenig aus dem Ruder lief und Schwarz und Weiß nicht mehr im Gleichgewicht zu halten waren. Aber selbst diese Begriffe sind ja schon irgendwie wertend besetzt und das ist echt schade.

Und so setzt sich das Dilemma fort: Überall Ungleichbehandlung und Wertungen an Stellen, wo sie absolut nichts zu suchen haben! Plus ist gut und Minus ist schlecht? Was soll das! Ebenso wäre weder Licht gut und Dunkelheit schlecht, oder?

Für mich bleibt also nichts anderes übrig, als mich selbst in die Rolle des Schöpfers zu versetzen und auf diese Reise, samt ihren mehr oder weniger zwingenden Ableitungen, möchte ich Sie gern mitnehmen. Damit Sie aber nicht denken, dass ich Ihnen ein männliches oder weibliches Plus oder Minus unterjubeln will, werde ich absolut neutral sein, oder es wenigstens versuchen. Also bin ich ES.

Das gefällt mir nicht, denn das Neutrum klingt so unfertig, etwa wie ‚ES wird schon werden‘, oder noch schlimmer, wie ‚DAS wird schon noch‘!

Ich hab's, ich bin ErSie!

Nee, ich bin alte Schule, also SieEr, oder, weniger häßlich, einfach Sier!

Sier also kam aus dem Koma. Wie lange Sier da lag? Keine Ahnung. Lange. Das spielt tatsächlich absolut keine Rolle, denn würden Sie wissen, wenn Sie aus dem Koma kommen, wie lange Sie weg waren? Na sehen Sie! Das kann man eben nie wissen. Aber jetzt wird es interessant, denn im Koma hat Sier sehr intensiv geträumt. Und alles was Sier träumte, Aufgang und Untergang der Sonne, sprudelndes Wasser, Erde, Felsen, Gas, Mond noch nicht (s.u.), Sterne usw., alles das also war da, das wusste Sier irgendwie, trotz des Komas.

Bis hierher ist Sier reiner träumender Geist. Geist ist Wissen und auf Erfahrung aufbauende Fantasie. Wissen und Erfahrung vermehren sich, wie wir inzwischen mitbekommen haben, durch ständiges Lernen, durch Kombination, durch Spiel. Unbekanntes wird einfach ausprobiert. So geht das!

Sier legte fest, dass alles, was künftig träumen sollte, durch Teilung aus sich selbst entstehen müsse. Das war seine Art, das Leben vom unbelebten Sein zu trennen.

Puff, kam es zu Teilungen!

Sier blinzelte. Bloße Teilung war Sier zu langweilig. Sier fummelte an sich herum. Vorne war Sier Sie, hinten war Sier Er und dazwischen war Sier einfach Sier!

Das machte Spaß! Sier fummelte weiter. Sier musste niesen! Das war grandios!

In der Traumwelt Siers kam ein riesiger Brocken geflogen und rrrrummmmste auf die Erde, so dass der Mond davonflog! So eine Gewalt hatte die Teilung Siers!

Aber trotzdem blieb Sier ja noch ganz. Die Lehre von den Gegensätzen ist in diesem Punkt schon etwas schwer zu verstehen, das gebe ich ganz unumwunden zu!

Siers Teile waren also auf der Erde angekommen und teilten sich nach dessen Vorgabe fleißig.

Angeblich hat Sier ja die ganze Vielfalt vorgeträumt, die wir derzeit wieder zur Schnecke machen, aber das stimmt so nicht.

Da können Sie (fast) jeden fragen, denn alles hat sich aus den ganz, ganz klitzekleinen Teilen Siers von selbst entwickelt.

Bis es dann eines Tages so weit war: der Höhepunkt aller Teilungen, der Gipfel der Schöpfung war erreicht und siehe da, die letzten Teile sahen wieder ganz aus wie Sier selbst. Die Menschen waren entstanden.

Von da an konnte es nur noch bergab gehen, denn höher als Sier war ja per definitionem nicht möglich, denn Sier ist ja das Allerallerhöchste, comprende?

So, und von hier an spielten die Geschlechter der Menschen eine Rolle. Ob nun Incubus (der Reinstecker) oder Succubus (die Aufnehmende), volkstümlich vielleicht Schwanz hinten oder vorne, es war den schlichteren Theoretikern unter den Menschen lieb, wenn sie sich einer eindeutigen Zuordnung sicher sein konnten. Also legten sie, die Menschen, nicht Sier selbst, fest, was weiblich oder männlich, schwarz oder weiß, plus oder minus sei, ohne die Absicht Siers überhaupt zu kennen!

Das aber war ein schwerer Fehler und der zeigte sich, als die Menschen weiter versuchten, die Traumwelt Siers auszudeuten. Denn wenn man etwas nicht weiß und trotzdem so tut, als ob man wüsste, dann das kann doch nur schief gehen, oder?

Und so behaupteten die Menschen also zunächst, dass Lilith gemeinsam mit Adam erschaffen und ins Paradies gesetzt wurde. Dabei wären Lilith und Adam, bei richtiger Deutung des Willens Siers, ebenso wie Sier vorne Sie und hinten Er, bloß das hat eben niemand bis dahin kapiert.

Das Leben ging weiter, andere Theoretiker unter den Menschen hatten andere Ideen; sie fanden die Gleichberechtigung, das Nebeneinander von weiblich und männlich unvorteilhaft für sich, denn wo kämen sie denn hin, wenn sie immer erst diskutieren müssten, wer was wann zu machen hätte.

Also setzten sie auf den Fehler der kategorischen Trennung den nächsten Fehler, nämlich den der Höherwertigkeit, dem fast logisch schon der der Unterwerfung folgte, denn das Bessere musste doch einfach über dem Schlechteren stehen, oder? Und auf dieser Fehlerserie weiter aufzusetzen hat fatale Folgen, wie wir an der Abschaffung Liliths erkennen können. Sie wurde einfach gestrichen und aus dem Ansatz der gleichberechtigten Schöpfung der Spiegelbilder Siers wurde ein furchtbarer Murks voneinander abgeleiteter Fehlleistungen.

Zunächst wurde nach der Meinung dieser Theoretiker schlichten Gemütes also aus der Rippe Adams Eva gemacht. Im Paradies nützte das aber nicht viel, denn statt wie Lilith mit der Schlange zu pussieren und den Mann im Hause damit verrückt zu machen, drehte Eva ihm nun den Apfel an, von dem sie selbst bereits abgebissen hatte. Das aber war nun ganz und gar nicht clever, den Sier hätte angeblich verboten, davon zu naschen. War Eva bloß einfach verfressen oder tatsächlich so doof?

Angeblich hatte sie davon nun den Schaden und musste sich wie Sier teilen, aber erst, nachdem sie mit Adam rummachte.

Dabei machen alle auf der Erde miteinander herum, die sich teilen. Mal abgesehen von den Einzellern, aber selbst da gibt es Beispiele von Rummacherei vor der Teilung!

Das große Geheimnis der Rummacherei ist der Austausch von Information; der eine Partner hat dies erlebt, der andere jenes und wenn sich beide zusammentun, können sie viel schneller auf das reagieren, was sich in der Welt, die sie umgibt, geändert hat.

Im Ergebnis entsteht also nach Rummacherei und anschießender Teilung ein neues Leben, welches von beiden Vorgängern mitbekommen hat, was hier so los war. Das war von Sier clever ausgeträumt, finden Sie nicht auch?

Bloß genutzt hat es den Lebewesen, die nicht Sier glichen wenig. Sier hätte beim Träumen wohl besser aufpassen müssen, dann würden diejenigen, die ihm gleichen, nicht die Welt kaputt machen für diejenigen Lebewesen, die ihm nicht gleichen.

Wollen wir mal hoffen, die Annahme, dass wir Menschen Sier gleichen, stimmt. Denn wenn man den Gedanken zu Ende denkt und gar auf die Idee käme, Sier würde in Wirklichkeit vielleicht weiterträumen und an ein Wesen denken, welches ganz fern von uns, in anderen Welten lebt, dann wären wir wahrscheinlich bald selbst in der Situation, in die wir so viele andere Lebewesen bringen: Wir würden aussterben.

Vielleicht haben wir Glück und die fernen Abbilder Siers besitzen Zoos, in denen sie all die untergeordneten und schief gegangenen Traumversuche Siers aufbewahren? Wer weiß. Aber das ist schon wieder eine andere Geschichte.

Zum Autor:

Jens Kirsch,

geboren 1958, Ausbildung als Diplomphysiker an der Universität in Greifswald.

Tätigkeiten im einzigen ehemaligen Atomkraftwerk der DDR, an der Uni Greifswald, bei den Stadtwerken Greifswald, 14 Jahre Gemeindevertreter in der Gemeinde Wackerow

Malerei seit 1978, Website:

www.kirsch-immenhorst.de

Mehrere Veröffentlichungen in der Dorfzeitung Wacker(ow) Blatt, Ostseezeitung, Künstlerzeitschrift „Die Buhne".

Verheiratet, vier Kinder, elf Enkel

Bereits im gleichen Verlag erschienen und im Online-Handel verfügbar:

Wer sucht, der versucht...

Die Welt in der wir leben

ISBN 978-3-7412-6129-8

Josef Dainer hat die Nase voll vom Job. Er will in der Abgeschiedenheit des Ryckbogens ein neues Leben beginnen. Wenn nur der Zwang Geld zu beschaffen nicht wäre!

Kommen Sie mit auf die Reise aus dem vorpommerschen Greifswald nach Ghana, in das indische Agra und zu den Astronauten der ISS. Die Probleme gleichen sich in verblüffender Weise: Das Leben muss gesichert werden. Aus dieser Suche nach Sicherheit erwachsen Versuche, immer neue Versuche...

Benterdal

ISBN 978-3-7392-3807-4

Stoffel, ein ausgesteuerter Schlosser, dessen tätige Hilfe im ganzen Dorf gern angenommen wird, sucht nach einem neuen Sinn in seinem Leben. Gut ist, dass ihn die Beseitigung nicht ganz öko-logischer Hanfprodukte nach Benterdal führt, wo er auf Josef stößt. Hier starten sie und ihre Mitstreiter den Aufbau einer solidarischen Dorfgemeinschaft, die durch den Zustrom von Flüchtlingen ungewollt beschleunigt wird. Eine Entwicklung, deren Ende nicht abzusehen ist…

Es war einmal ein Dorf

ISBN 97 837 412 07570

Der Fischer Ture gerät anno 1168 mit dem ihm an-
vertrauten Mädchen Lyr in die Auseinanderset-
zungen des Königs von Dänemark mit Fürsten und
Herzögen um die Vorherrschaft auf der Insel Rügen.
Dieser Kampf der Mächtigen zerstört das Leben
einfacher Leute. Auch Lyr und Ture werden in einen
Strudel von Gewalt und Hass gezogen. Ihre Flucht
vom Kap Arkona soll ihnen eine neue Heimat liefern. Doch Inger, Freundin Tures aus Kindertagen,
steht der Liebe des ungleichen Paares im Weg.

Kursverlust

ISBN 9 783 744 848 442

Ein junger Ingenieur wird zum Kapitän, um seinem bisher allzu absehbaren Leben neuen Schwung zu geben. Er will gemeinsam mit seiner Freundin auf große Fahrt gehen. Dafür benötigt er Geld, das er als Schiffer in Berlin verdienen will. Dieses Projekt scheitert in jeder Hinsicht grandios. Allerdings lernt der unerfahrene Kapitän dabei einen sehr erfahrenen Berater kennen, der gerade einen Weg sucht, sein Geld vor dem Fiskus unsichtbar werden zu lassen und bei diesem Kunststück des Schiffers Hilfe gut brauchen kann.

So beginnt ihre gemeinsame Seefahrt nach Monaco, sie sehen Menschen sterben und sie retten Menschen. Das viele Geld, das ihren Weg begleitet, bestimmt und verändert nicht nur ihr eigenes Leben – und wie!

Bonobo

ISBN 9 783 746 025 940

Der Lebensraum der Menschenaffen schrumpft dramatisch. Zwei Überlebensstrategien prallen aufeinander: die kämpferisch aggressive der in die Enge getriebenen Schimpansen prallt auf das harmonieorientierte Lebenskonzept ihrer nächsten Artverwandten, der Bonobos. Für beide Gruppen geht es um Leben und Tod, denn sie werden von ihren entfernteren Artgenossen, den Menschen, gnadenlos verdrängt.

Doch nicht nur ihr Lebensraum schwindet. Sie selbst sind es, die als Bushmeat das notwendige Eiweiß für die Männer liefern, die ihre Wälder abholzen. Ein perfider Fleischwolf dreht sich, der mit Besorgnis und wissenschaftlichem Interesse von deutschen Verhaltensforschern beobachtet wird, die bald selbst in den Fokus von Überlebensstrategen geraten…

Wie wird dieser Kampf enden?

Sauerstoff – Geschichten zum Einschlafen

ISBN 9 783 750 437975

Ob Ella besser einschlafen wird, wenn ihr Mann Fred nicht mehr schnarcht? Ob Marja, mit Freundin Petra und Großmutter, jemals Wolin, welches so sehr dem sagenhaften Vineta gleicht - für die Großmutter jedenfalls-, erreichen wird? Wird Mucki die Schläge seiner Mutter verkraften? Vertreiben die Männer um den langen Petersen vermeintliche Diebe aus ihrem Dorf?

Lesen Sie die teils vergnüglichen, teils bitteren Geschichten, die zwar in ihren kurzen Fassungen Einschlafformat haben, nicht jedoch in ihren Inhalten.